Contromano

ULTIMI VOLUMI PUBBLICATI

David Randall
Tredici giornalisti quasi perfetti

Mauro Covacich
Storia di pazzi e di normali

Wendy Uba
con Paola Monzini
Il mio nome non è Wendy

Lisa Ginzburg
Malìa Bahia

Paolo Nori
Siam poi gente delicata. Bologna Parma, novanta chilometri

Roberto Alajmo
1982. Memorie di un giovane vecchio

Howard Sounes
Anni 70. La musica, le idee, i miti

Carola Susani
L'infanzia è un terremoto

Cristiano de Majo Francesco Longo
Vita di Isaia Carter, avatar

Muin Masri Ingy Mubiayi
Zhu Qifeng Igiaba Scego
Amori bicolori. Racconti

Massimo Nunzi
Jazz. Istruzioni per l'uso

Beppe Sebaste
Panchine. Come uscire dal mondo senza uscirne

Franco Arminio
Vento forte tra Lacedonia e Candela. Esercizi di paesologia

Marcello Fois
In Sardegna non c'è il mare

Marcello Fois

In Sardegna non c'è il mare

Viaggio nello specifico barbaricino

Editori Laterza

Prima edizione giugno 2008
Seconda edizione luglio 2008

Finito di stampare nel luglio 2008
SEDIT - Bari (Italy)
per conto della Gius. Laterza & Figli Spa
ISBN 978-88-420-8292-7

Indice

In Sardegna non c'è il mare

Di cosa stiamo parlando...

Premetto che sono un sardo di Barbagia. Il che sembrerà capzioso, e, di fatto, lo è: capziosità e una certa cavillosità sono caratteristiche salienti del sardo di Barbagia. A noi le i senza puntino non ci piacciono proprio, anzi quando è possibile di puntini ne mettiamo due o tre, e aperta parentesi, e eccetera eccetera, e così via. Questo perché, se il barbaricino non ha esattamente chiaro quello che è, ha invece perfettamente stampato a fuoco dentro di sé quello che non è. Per esempio: il sardo barbaricino capisce di essere sardo, cioè di far parte di un territorio definito, solo quando ha varcato il mare. Finché non c'è mare, non c'è Sardegna che tenga. Mi spingerei fino a dire che finché non c'è il mare non c'è nemmeno Barbagia che tenga. Il frazionamento, la messa in piega, il «particolare», arrivano a definire l'indefinibile in maniera entomologica: barbaricino, certo, poniamo di Nuoro, poniamo di San Pietro, poniamo della zona del Rosario, poniamo del cortile tal dei tali e via così. E poi: figlio di, nipote di, fratello, o sorella, di... eccetera. Ogni barbaricino è un albero genealogico vivente che ha una posizione e una tassonomia precisissime; è lui, ma quello che è dipende dalla perfezione della sua collocazione nell'universo locale. Mi sono convinto nel tempo che questo bisogno di precisione dipenda dalla coscienza della propria imprecisione. E cioè che sia proprio questo bisogno di collocarsi a denunciare una incapacità atavica di autodefinirsi.

Qualunque scrittore, qualunque saggista si sia spinto a raccontare questa particolare caratteristica dei barbaricini è rimasto imbrigliato in una sequela bizantina di opposizioni, che, nella maggior parte dei casi, finiscono sempre per dimostrare la correttezza della teoria di base. Per esempio: il barbaricino ha una conoscenza comparativa, a casa sua anela a modelli esterni e li confronta costantemente con i suoi modelli autoctoni, in genere dichiarandosi dentro di sé perdente. Opportunità, civilizzazione in genere, qualità della vita, per limitarsi ai macrosistemi, alle falde del Gennargentu sembrano sirene irraggiungibili di maestosa bellezza. Ecco, la situazione si rovescia, nel particolare, quando un barbaricino varca il mare. Per esempio: il pane, in Continente, fa schifo; il nostro latte è meglio; l'aria da noi è un'altra cosa. Insomma, fuori dal proprio territorio la comparazione si rovescia e da perdenti si diventa vincenti. Vai a spiegare che non sono mai comparabili macrosistemi e microsistemi, che un Piano del Colore e il prezzo della lattuga sono due cose, se pur ugualmente importanti, totalmente diverse. Io che ho vissuto in prima persona questo particolare sistema di autodeterminazione esterna posso dire che quella differenza è inspiegabile perché la posta in gioco è la propria posizione nel mondo.

Ci vogliono anni per stabilire che accettarsi per quello che si è non significa necessariamente compararsi, ma, semplicemente, accostarsi. Ma di fatto da qui bisogna partire: prendete me, io vengo da Nuoro, quartiere San Pietro, ma non per molto, infanzia a Istiritta (area del boom economico locale), genitori nell'amministrazione pubblica, ma figli di pastori, conciatori, macellai (la madre) e militari (il padre). Quando sono venuto al mondo mi hanno insegnato che ero figlio di, nipote di, che a sua volta era «razza» di, proveniente da... E questa sequenza biblica resta a tutt'oggi una delle poche certezze che io sia riuscito a mantenere su me stesso, il resto naviga nel *mare magnum* dell'imponderabile... Nuoro, San Pietro, Istiritta, via Piemonte, Palazzine Incis; figlio di Vincenzo e Luigia, figli di Giovannantonio e Grazia, e Mariantonia e Antonio, resta per me una specie di cordone elicoidale genetico e ombelicale da cui è impossibile staccarsi. Come è impossibile staccarsi da una certa qual visone apodittica del mondo. Fate una richiesta a un barbaricino ed egli vi risponderà comunque di no. No. Prima no, poi si discute. Il percorso dal no al sì è un viaggio perigliosissimo. Si ha un bel tentare chiarezza, anche nella migliore delle esposizioni la minima crepa pregiudica la stabilità del tutto, come nella leggenda della diga olandese tenuta in piedi dall'eroico dito di un ragazzo che aveva notato una piccola falla. Ecco, fra noi barbaricini e quell'eroe nordico c'è una distanza determinata da questa particolarissima propensione alla tragedia. Noi la diga la facciamo crollare, per ricostruirla magari, ma intanto che crolli. Per noi l'eroismo è quello suicida dello scampato alle Termopili al quale il racconto che custodisce costa la vita. Tra i graniti abita la tragedia nella sua connotazione filosofica e letteraria primaria. Il sentimento si porta addosso come un abito, il racconto è più efficace se sorprende persino colui che lo racconta. Da qui il no. No significa mi faccio portatore, quasi tramite, di una storia che non voglio conoscere, ma della quale conosco il peso drammaturgico, e della quale sarò il primo a sorprendermi. Questa forma di aedo bipolare ha costruito la nostra particolare visione del mondo, ma anche, praticamente, la nostra straordinaria forza conservativa, tutt'altro che conservatrice. No significa che prima si ragiona di sé e poi si vede, in una specie di individualismo estremizzato e concentrato in cui il generale assume sempre contorni sfumatissimi. In uno scritto di questo tipo, per esempio, già una frase, già una parola mal interpretata o mal scritta, potrebbe determinare il crollo del tutto. Da noi quello che va bene non conta, conta solo quello che va male. Perché quello che va bene non è interessante da raccontare e soprattutto perché non ha «peso drammaturgico».

Il rapporto con i media e con la letteratura la dice lunga su questo argomento. Basta nulla per trasformare in carta straccia anche la più profonda delle riflessioni, ma la verità vera è che, in televisione o nei quotidiani che parlano di noi, noi cerchiamo esclusivamente quello che manca. Quello che c'è in genere non ci interessa. Questa rigidità è spesso scambiata per tenacia, o, peggio, per profondità, come sintomo di una sacca di «arretratezza positiva»: i sardi sono antichi, i barbaricini più antichi ancora, dunque più tenaci, più profondi, più riflessivi. E invece no. No.

Il gusto del dramma distorce le cose: da bambino ero così preoccupato della «normalità» che circondava la nostra famiglia che più di una volta mi sono chiesto se fossimo abitanti del posto o di un altrove che non riuscivo a definire. Avevo sei anni, frequentavo la seconda elementare (avevo fatto la «primina»), e me ne andavo in giro per Nuoro con la mia cartella a tracolla, il grembiule blu, colletto bianco, fiocco azzurro. Intorno a me, negli spazi per i manifesti pubblici erano esposte le taglie dei ricercati: dieci milioni per Graziano Mesina; dieci milioni per Miguel Atienza; e poi Pirari, Campana... Questi ragazzi mi guardavano mentre io, bambino, a piedi, andavo a scuola. La mia Storia, personale e collettiva, era costruita su quegli sguardi lì. Quelli sono i primi No che ho sentito. Da poco tempo avevo visto i primi elicotteri veri della mia vita e da quegli elicotteri venivano paracadutati i caschi blu. Militari veri, con vere armi, che allora non venivano ancora chiamati Forze di Pace... Eppure, nonostante vivessi in un territorio governato dalle leggi speciali, non avevo paura. Anzi, penso a quell'infanzia «kosovara» come una stagione totalmente felice. Ma era una felicità incosciente, una felicità che mi faceva temere solo la «normalità». Quando c'era una brutta notizia da dare io correvo a darla perché volevo sorprendermi per primo. Tanto più che essere latore della tragedia, in senso pratico, o solo letterario, o addirittura filosofico, era una forma di esorcismo: in fondo voleva dire che se potevo darla io, se l'aedo in questione ero io, allora forse quella tragedia non poteva toccarmi se non in forma retorica.

Distanze

Altra cosa erano, e sono, gli spostamenti. Il senso delle distanze. Deve esistere un gene che modifica questo tipo di percezione; a me, per esempio, sembrava un viaggio, e un viaggio vero, uno spostamento da Nuoro a Cagliari, poco meno di 200 chilometri, una distanza che, da «continentale», mi pare decisamente abbordabile. Io me lo spiego col fatto che uno nasce in un'isola e capisce che il suo stesso nascerci comprende un senso limitato dello spazio.

In Sardegna, la Barbagia è una Sardegna. Una delle tante. Poche cose uniscono i sardi in senso di popolo. Una di queste è senza dubbio il mare che li circonda. E i padri, che la sapevano lunga, avevano col mare un rapporto bipolare: da lì venivano le ricchezze, ma più spesso gli invasori. Il mare è contemporaneamente prigione ma anche corridoio verso la libertà. Il mio senso di sollievo durante uno spostamento in Continente iniziava nel momento stesso in cui a Civitavecchia abbandonavo la nave. Da lì avevo la netta sensazione che, qualunque fosse la meta reale del mio spostamento, il viaggio fosse finito. Sulla terraferma qualunque tragitto sembrava abbordabile.

Da Nuoro all'interno si viaggiava con il pullman. Per quanto si tratti di pochi anni fa, al massimo trenta, l'automobile non era così diffusa come ora: da Oliena a Nuoro, da Mamoiada a Nuoro, da Orune a Nuoro, un viaggio era ancora un viaggio. Si saliva sul pullman e si scendeva alla Sita. Noi la stazione delle autocorriere la chiamavamo così, con il nome dell'azienda dei trasporti. Ed era una vera stazione. Come ora, trent'anni dopo, nell'epoca delle automobili e degli spostamenti in aereo, non ce ne sono più. La Sita, dicevo, era proprio di fianco alla mia scuola elementare, e risultava sotto ai cosiddetti Giardinetti, uno spazio verde, che allora c'era e ora non c'è più... *Là dove c'era l'erba ora c'è...* una gettata di cemento per un arredo urbano che riesca a superare le incursioni dei vandali. La Sita era un posto molto *trendy*, sedili azzurri, modanature in legno, tabellone degli orari a lettere e numeri staccabili multicolori su base di velluto. Le biglietterie erano dietro a una specie di bancone da bar, con inserti in ceramica a motivi similtribali. I pullman parcheggiavano poco fuori dall'ingresso della stazione e si disponevano in una specie di molo a spina di pesce; per salirvi ci si ammassava nel poco spazio a disposizione. Gli autisti facevano una sosta bar che qualche volta travalicava gli orari segnati sul tabellone multicolore e qualcuno lo faceva notare. Qualche volta, l'autista bisognava proprio andare a tirarlo fuori dal bar dove stava facendo chiacchiere e bevendo una birretta. Il bigliettaio, in genere più ligio dell'autista, era sempre di buon carattere e parlava in sardo con le anziane che continuamente chiedevano conferme: «Pro Oliana custu andat bene?», «Eja, eja, arziae Tzia mé ch'est partinde»... E la vecchia saliva con fatica. Così come di primo mattino era scesa alla stazione. Il viaggio a Nuoro era un viaggio. E si doveva arrivare presto perché bisognava fare la fila alle Poste, al dispensario, all'Inps, al Consorzio agrario; oppure andare a trovare qualche parente malato allo Zonchello o all'ospedale San Francesco o in carcere. Era un viaggio anche per i pendolari che dovevano raggiungere gli istituti scolastici o gli uffici.

A Nuoro si arrivava per questioni di uffici, appunto. Non è che ci fosse un senso in questa città se non per il fatto che qualcuno a suo tempo aveva stabilito che dovesse essere città e aveva fatto costruire un edifico coloniale per le Poste, un edifico a forma di M per autocelebrazione e poco altro. Ma torniamo alla Sita perché è lei il nostro centro. Chi scendeva da quei pullman arrivava davanti alla caserma della Polizia, e poi continuava, seguendo il profumo di tavola calda, verso il Mercato.

Agli inizi degli anni settanta si diffusero a Nuoro le tavole calde. Io la prima vera e propria credo di ricordarla... Era, appunto, nella discesa che dalla Sita portava al Mercato. A dire il vero più che tavola calda era una rosticceria per polli, ma faceva anche i panini, il che a me ragazzo, e ancora piuttosto bambino, sembrava particolarmente strano. Non capivo come si potesse pensare di pagare una cosa casalinga, direi quasi intima, come un panino. Va beh, comunque credo proprio che quella fu la prima vera rosticceria di Nuoro... Poi vennero le Quattro Colonne, che era una autentica tavola calda con tanto di lasagne, cotolette e scaloppine – nomi veramente esotici, come sushi o sashimi – ma le Quattro Colonne era distante dalla stazione dei pullman anche se piuttosto vicina a quella dei treni. Se treni si possono chiamare, ma questa è un'altra storia... A partire da quella stazione, la Sita, si assisteva a un fermento locale di paesani che, per la prima volta, vedevano Nuoro come città, paradossale, forse incredibile, ma città. Il posto della Rosticceria e della Tavola Calda, il posto dove la gente aveva tanto da fare che non aveva il tempo nemmeno di prepararsi un piatto caldo. Questo, insieme alle seggiole azzurre, insieme al tabellone multicolore, insieme al percorso olfattivo e burocratico nei meandri della burocrazia barbaricina, faceva città.

I ragazzotti di paese vedevano i cittadini nuoresi uscire dalla Barberia Raggio, ma già, al Raggio che faceva solo tagli continentali, alla Vergottini per intenderci, il termine barbiere stava stretto... Così giovanotti cotonati, dalle basette scolpite e i baffi dipinti, mostravano la loro urbanità ad altri giovanotti *scrunniati* dal barbiere, quello sì barbiere, locale. Ah, terreno di confronti e di differenze la Sita! Primo passo verso un'idea nuova... Verso una nuova coscienza del sé. Insomma, a Nuoro succedevano alcune delle cose che si vedevano in televisione. Per esempio i tagli di Raggio che aveva il salone proprio attaccato alla Sita; o la macchinetta per farsi le foto tessera che si trovava lì davanti, a cosa servissero poi le foto tessera, chissà...

Il viaggio a Nuoro, per la prima volta, diventava un viaggio. Per la prima volta si potevano concepire altri *mo-*

dus vivendi... Non tutti buoni però... Come se il boom economico, tra la Sita e il Mercato, fosse esploso, improvviso, ma con dieci anni e passa di ritardo. Ora si guardavano in tralice questi *biddai* che piovevano a frotte e che invadevano la rosticceria, la macchinetta delle foto tessera... Ora le distanze si dilatavano nel ridursi. Paradossi della modernizzazione. Da quei pullman ora scendevano furie scatenate e infantili di Alici nel Paese delle Meraviglie. Che volevano vedere il Supermercato con i carrelli di via Gramsci e il colossale Upim che aveva rimpiazzato il cinema Ariston in viale del Lavoro, angolo via La Marmora. Ecco, uscire dal paese e fare la commessa all'Upim era importante come vincere un concorso al Ministero. Per fare la cassiera valeva la pena di smuovere le amicizie più influenti. Il boom! Che era un passaggio di termiti voraci, come di prigionieri costretti a un digiuno lunghissimo. Fare l'operaio a Ottana, valeva tutto... Valeva lo «stipendietto», come si diceva allora, e la fatica sembrava minore.

Dalla Sita scendevano giovanotti che facevano anticamera nell'ufficio dell'onorevole, per lo «stipendietto». E l'onorevole, come il medico – ma spesso coincidevano – profumava come una signora e non si vergognava, aveva un taglio continentale, portava completi color azzurro cenere, o sabbia, e cravatte a disegni geometrici. Il posto era di addetto a qualcosa e valeva un investimento, come l'utilitaria tanto per evitare il pullman o il passaggio da un collega anche lui addetto a qualcos'altro. Io così me li ricordo quegli anni fatali del desiderio. Sono stati brevissimi. Un'infanzia breve e un ricordo malinconico. A sera, poi, dalla Sita si ripartiva, partiva l'idea di città, l'idea di progresso, le buste dell'Upim, la carta oleata della rosticceria, il sentore dell'onorevole ancora nel naso, il taglio di Raggio fresco fresco. Approdando al paese si guardava il silenzio arcaico dei sagrati con una rabbia molto simile alla passione.

Finita la guerra, mio padre trovò lavoro presso la Fondazione Rockefeller, che attraverso l'Erlaas (Ente regionale per la lotta antianofelica in Sardegna) si occupava della disinfestazione antimalarica nelle zone non ancora bonificate della Sardegna. Un lavoro che gli permise di pensare seriamente a mettere su famiglia. Per estensione, dunque, anche io, oltre che figlio del boom, sono figlio di Rockefeller, la qualcosa credo abbia a che fare con quella mia caratteristica, sempre messa in evidenza da mia nonna, di essere incapace di comprendere la mia povertà. «Tu sei povero, ma ragioni da ricco», diceva mia nonna di me. Più chiaro di così... Comunque, quando mio padre iniziò a lavorare per l'Erlaas io non ero ancora nato. Come tutti quelli della sua generazione, era un giovanotto smilzo che non aveva avuto la Storia dalla sua parte.

Nascere nel '29 in Barbagia significava nascere in un limbo a-storico: troppo piccolo per la guerra, troppo giovane per il dopoguerra. Mio padre è l'esemplare direi genetico della Sardegna senza mare. Lui il mare lo vide la prima volta quando alla sua squadra di disinfestatori fu assegnato il territorio che andava da Capo Comino a San Teodoro.

Visto oggi, quel territorio non racconta nemmeno un millesimo di quel passato di magnificenza. Le spiagge intatte, il mare incredibilmente limpido, le mandrie a riva, i gigli di mare che fiorivano sulla sabbia... Erano territori femminili, le proprietarie erano tutte figlie femmine a cui venivano assegnati in eredità i poderi a mare perché improduttivi. Le squadre di giovanotti che combattevano la *Culex* malarica erano un'avanguardia proveniente da un mondo alieno armata di stantuffi e miscele al piretro. Siamo negli anni cinquanta eppure in molti di questi posti vigeva ancora il baratto. Il mondo estremo per mio padre ventenne era a pochi chilometri da casa sua, superate le creste montuose. Una definizione della Sardegna in quanto «continente» io credo consista in questa possibilità di generare stupore di sé. Quella breve distanza corrispondeva ad un viaggio immenso. E dimostrava che possono esservi diversità talmente contigue da vivere fianco a fianco. La gente della costa era timida e gentile, non ancora imbarbarita dal turismo di massa e dalla sindrome del mattone. Nel centinaio di chilometri che separano Capo Comino da San Teodoro, *lu nuaresu*, il nuorese, che poi era mio padre, collezionò qualcosa come sessanta, settanta compari di battesimo. Lui era straniero in terra straniera a trenta chilometri da casa sua. Aveva visto il mare e a casa, in montagna, ne parlava con meraviglia.

Così, qualche anno dopo, noi, la famiglia Fois, siamo stati i primi del nostro quartiere a partire per le vacanze balneari. Accompagnato dallo scetticismo generale, mio padre caricava la macchina all'inverosimile per raggiungere l'altro mondo e passare un mese al mare. Arrivati a Budoni, si abbandonava il mezzo e si procedeva col carro a buoi seguendo il letto secco di un fiume fino a Ottiolu. Qui, prima di arrivare alla spiaggia si attraversavano poderetti rinchiusi da muretti a secco e uno stagno. Al mare si stava per tutto il giorno, da soli. Le ore più calde si passavano protetti all'interno di un capanno di canne, al suolo per proteggerci dalla sabbia erano distese coperte militari... Io credo che lo stupore dei nostri vicini per la famiglia di matti che andava a «combattere zanzare» derivasse dal fatto che per il barbaricino, che pure denigra il proprio posto quando può, non può esistere un posto più bello del suo. Era una poetica elementare, ma primigenia, a guidare questo sentimento, come una forma di arretratezza meravigliosa. Una poetica che si nutriva di storia, perché come spesso avviene il metafisico si ciba dell'estremamente fisico.

Lo scetticismo verso il mare era il prodotto di un dato trasferito di bocca in bocca come il racconto della grande diaspora dalla Diocesi di Galtellì per sfuggire alla *mal'aria*. Raggiunto l'acrocoro, protetti nell'altipiano, quei coloni civilizzarono i trogloditi locali, che non conoscevano nulla, ma avevano aria salubre e ignoravano l'esistenza stessa delle zanzare. Profughi gli uni, poco più che nuragici gli altri. Ma costruirono il senso primo della Barbagia. Frutto di civiltà difformi, estreme, che hanno prodotto un nuovo codice: del pastore poeta, del violento sentimentale, della donna imperatrice suo malgrado, dell'invidia come valore comunitario. E la diffidenza nei confronti del mare che resta, nonostante la corsa al mattone e al cemento in questa era di resort e villini in stile pseudosardo. L'ignorare e l'abusare sono due estremi che si toccano, e, a ben guardare, raccontano la stessa storia. Comunque, una sera al bar emporio di Ottiolu il suo compare di turno, un ex barbiere a domicilio di Budoni che aveva imparato il mestiere in Germania e che, dopo aver fatto un tredici al totocalcio, aveva aperto il primo vero salone della costa, gli propose di acquistare un pezzo di terreno a mare per una cifra, praticamente simbolica, che si aggirava allora intorno alle cinque lire al metro quadro. Mio padre ringraziò, ma declinò l'offerta. Per quanto amasse il mare, quel mare, non lo amava abbastanza da comprarsene un pezzo. Tanti pregi, ma mai avuto il pallino per gli affari, mio padre.

Luoghi piuttosto comuni

Cicerone fu uno dei primi che provarono a definire il carattere dei barbaricini. Concluse affermando che eravamo troppo selvaggi per avere un carattere. Un gradino appena sopra le bestie che custodivamo: *pelliti* (vestiti di pelli), irsuti, scorbutici, permalosi, astiosi, incapaci di mantenere i patti. Egli stesso sentì il bisogno di farne pervenire qualche esemplare al suo imperatore perché potesse suffragare *de visu* le sue affermazioni. Un esemplare maschio e uno femmina, che se non fosse stato per la barba molto più folta del primo erano difficilissimi da distinguere. Naturalmente si preoccupò di farli viaggiare in condizioni impossibili in modo che giungessero al cospetto del divo Augusto laceri, sporchi e imbestialiti. Siamo in piena età del Ferro Recente: quell'esposizione pubblica metterà la parola fine su una civiltà millenaria. Una civiltà di costruttori, di guerrieri, di sacerdoti.

Quell'esposizione fu anche un paradigma. E produsse un pregiudizio, una specie di viatico per chiunque nei secoli successivi si trovasse a dover descrivere il carattere dei sardi e dei barbaricini in particolare.

Un paradigma, padre di un pregiudizio, zio di un luogo comune, prozio di una sintesi *ad hoc* del tutto priva di supporti nella realtà dei fatti.

C'è da specificare che dai tempi di Cicerone in poi la Sardegna è sempre stata di qualcun altro fuorché dei sardi. Degli spagnoli, ai quali si ascrive l'aver portato nell'isola una certa qual pomposità rituale, un cattolicesimo integralista, un linguaggio più morbido. O dei francesi, che, dopo averla ben sfruttata, le hanno preferito la Corsica. O dei piemontesi, che vi hanno apportato nell'ordine: il latifondo, la burocrazia, l'economia di mercato, e che l'hanno quasi completamente disboscata. Quindi degli italiani, che ininterrottamente, a partire dall'unità nazionale, l'hanno usata come serbatoio di carne da guerra.

Ergo, a parlare del carattere dei sardi si corre il rischio di parlare degli effetti del colonialismo e, dunque, di una popolazione che ha avuto poche opportunità di sviluppare una propria, originale, visione del mondo. Tuttavia, questo non è del tutto esatto perché la Sardegna è un continente, non una regione. Ha storie diversissime, sviluppi e reazioni diversissime ai medesimi stimoli; lingue diverse, cibi diversi...

Persino il generale La Marmora, attraversandola da nord a sud, fu costretto ad ammetterlo. Fu costretto ad ammettere per esempio che, nonostante tutto, è impossibile descrivere *il* carattere dei sardi, ma bisognerebbe tentare di descrivere *i* caratteri dei sardi.

Un Nord burocratizzato, fucina di politici, in qualche modo punta di civilizzazione, con ampie cittadine alla francese, con coste che si affacciano sulla Spagna e sulla Liguria, con cattedrali pisane e barocche. Un Sud ricco, agricolo e minerario, granaio di Roma, ma anche la sede di tutte le economie isolane; aperto all'universo mondo tramite il grande porto dell'antica Cagliari. E poi il centro, la Sardegna nella Sardegna, inaccessibile, boscosa, irta, pastorale. Il generale piemontese concluse che non valeva la pena di dilungarsi più di tanto nella descrizione delle popolazioni addomesticate e presagì che, se di un carattere originale, meglio originario, dei sardi si poteva parlare, lo si poteva fare solo a partire da quella fetta di territorio restata «vergine». Un altro pregiudizio e un'altra svista. Un pregiudizio e una svista che mascherando da eccellenza una politica di omologazione hanno semplificato la complessità e hanno generato il vademecum di un carattere altrimenti indefinibile, producendo una serie di luoghi comuni ai quali i barbaricini stessi credono per primi.

I BARBARICINI SONO TESTARDI

Mio cugino è la persona più docile che conosco. Voi mi direte che un cugino qualunque di uno scrittore qualunque è scarsamente rappresentativo e non basta, persino se lo dovessimo considerare da un punto di vista statistico, a confutare una caratteristica come la testardaggine, che per i barbaricini sembrerebbe codificata persino dalla genetica. Eppure non è così, mio cugino rappresenta la punta dell'iceberg, direi quasi l'avanguardia, di una schiera immensa di barbaricini che non sono testardi. Lui pensa che la civiltà consista nel farsi la casa grande, anzi grandissima: tavernetta attrezzata, due telefoni cellulari per membro della famiglia, un televisore in ogni stanza, berlina, utilitaria, 4x4, poderetto con «ovile», casa al mare... Appena diventato padre ha impedito ai suoi figli di usare anche solo una sillaba della lingua locale, per un più civile italiano corrente. Più docili e addomesticati di così... Per il resto la testardaggine dei barbaricini mi pare assolutamente in linea con la norma nazionale: maggiore di quella dei molisani, forse, ma minore di quella degli umbri, giusto per tentare dei paragoni.

I BARBARICINI SONO OSPITALI

Devo ammettere che, ospitali, siamo ospitali. Talmente ospitali che qualche volta al viaggiatore, o turista che sia, viene voglia di essere da tutt'altra parte fuorché in Barbagia. Perché non ci vuole niente ad accettare di buon grado l'ospitalità di un popolo. Ma se quel popolo è il Popolo barbaricino, avete mai provato a rifiutarla? Avete mai provato a dire «basta» alla quindicesima portata nel corso di un pranzo che dura da ore? Avete mai provato a dire che non avete voglia di niente se qualcuno vi offre qualcosa al bar? Provateci, farete un'esperienza mistica. Capirete che è più facile accettare che rifiutare se non volete raggelare un caldo clima festoso o non volete provare a spiegare che non siete abituati a bere birra alle sette del mattino (un barbaricino che si rispetti a qualunque ora entriate in un bar vi offre una birra o un bicchiere di vino se siete maschi, caramelle o un caffè se siete femmine). Un consiglio: dite di sì. Al bar, a casa di parenti, a casa di amici, accettate subito l'offerta. Meglio sarebbe avere una gamma di *desiderata* pronta per la bisogna: caramelle, caffè, vino, birra che sia. E non cercate di stupire i vostri ospiti ospitalissimi con richieste estreme tipo Vodka Lemon o Martini Dry, perché rischiereste di chiedere qualcosa che non hanno e questo provocherebbe una reazione a catena delicatissima, la rottura di un equilibrio davvero millesimale. Rischiando di chiedere qualcosa che non c'è si determina un *horror vacui* che non si placa fino a che il prodotto richiesto non compare. Mia moglie, che non è sarda, vive con grande angoscia questa caratteristica: l'ho vista, messa alle strette da un ospitalissimo locale, bere un brandy al chiosco della spiaggia con quaranta gradi all'ombra. Perché una cosa è certa: se qualcuno vi offre qualcosa, finché non avete preso quel qualcosa non vi muovete dal posto in cui siete stati intercettati. Ecco, qualcuno questa la chiama ospitalità. Mia madre, per esempio, rifocillava anche l'idraulico che, arrivando sei mesi dopo la chiamata, l'aveva appena derubata. Ebbene, anche lui aveva diritto a un caffè caldo o a una birra fresca a seconda della stagione, o a un bicchiere di vino buono. Io un'idea in proposito me la sono fatta e sarebbe che la questione dell'ospitalità l'abbiamo inventata noi barbaricini per controllare da dentro un nemico, chiunque fosse, che da fuori sarebbe stato molto più pericoloso: il nemico, se non puoi abbatterlo, devi ospitarlo, no?

I BARBARICINI SONO UN POPOLO STANZIALE

Statistiche: ci sono poco più di un milione e mezzo di sardi in Sardegna, altrettanti sparsi per il mondo. Cosa dimostri questo non lo so esattamente, ma voglio pensare che sia un segnale. Innanzitutto che non è vero che i sardi in generale, i barbaricini in particolare, non siano dei viaggiatori; in secondo luogo che non sta scritto da nessuna parte che nell'isola vivano popolazioni dalla vocazione stanziale. Secondo un mio amico scrittore, barbaricino, anzi è vero proprio il contrario: i sardi, i barbaricini in particolare, viaggiano molto, si trovano tendenzialmente bene nei posti in cui si insediano e, sorpresa delle sorprese, offrono il meglio di sé proprio fuori dalla Sardegna. Il che non ha niente a che fare con la Sardegna in quanto territorio (che rimane sempre il posto anelato, culla di ogni nostalgia: *adios Nugoro amada*), ma dimostra perlomeno che siamo vicini a un punto di vista e a una cultura che non ha bisogno di confini chiusi per esprimersi. Chi dice il contrario mente, sapendo di mentire. Ancora statistiche: il settanta per cento dei sardi che si trasferiscono fuori dall'isola, anche quando potrebbero tornare, decidono di non rientrare in patria. Nemmeno su questo punto vorrei spingermi in interpretazioni azzardate. Io sono uno di questi, mi piace però considerarlo il sintomo di un'apertura più diffusa di quanto si pensi, di una tranquillità verso l'altrove del tutto inesplorata da un punto di vista antropologico. Si consideri altresì che molti di questi viaggiatori sono di fatto emigranti. Comunque sia, questo settanta per cento di sardi di fuori sono un patrimonio, conservano tradizioni, lingua e punti di vista. Spesso sono poliglotti: parlano il sardo di provenienza, l'italiano e anche la lingua del paese che li ospita. Molto di più di quanto accada ai sardi di dentro.

I BARBARICINI SONO VENDICATIVI

E se questo è vero allora è anche vero che tutti i siciliani sono gelosi o mafiosi, che tutti i napoletani sono oziosi, che tutti i liguri sono taccagni... Quindi non è vero. Tuttavia pare assodato che, nella zoologia fantastica della popolazione italiana, ai barbaricini, sardi per estensione, corrisponda il ruolo degli elefanti, quelli che non dimenticano mai. Eppure non siamo più vendicativi del mio vicino di casa, io abito a Bologna, che ha avvelenato il gatto della sua fidanzata perché non gli aveva telefonato all'ora stabilita. So che cosa state pensando: che il mio vicino è sardo, invece no, è di Pordenone. Io, per esempio, non sono affatto vendicativo anche se mi piacerebbe esserlo qualche volta, eppure sono definitivamente barbaricino. Tuttavia qualche volta lascio correre sul pregiudizio o luogo comune che io proprio in quanto barbaricino lo sia, giusto per fare azione preventiva. Certo, io in quanto tale non faccio testo, ma vi assicuro che è vero il contrario: i barbaricini non sono una popolazione abbastanza vendicativa. Mi correggo: abbastanza rivendicativa, che vale doppio. Altroché elefanti, se non avessimo dimenticato tanto oggi saremmo un popolo molto, molto ricco.

QUANDO DIVENTI AMICO DI UN BARBARICINO LO RIMANI PER TUTTA LA VITA

Questa è una caratteristica francamente imbarazzante. Limita la libertà di approccio. «Sei barbaricino? Bene! Saremo amici per tutta la vita!». Fine. Una noia mortale. Un'arma a doppio taglio che prevede un'adesione acritica a questo assioma. Ma si può restare amici per tutta la vita di uno che ti chiama puntualmente alle tre di notte perché fa la guardia notturna?

Bene, i luoghi comuni sul carattere di un popolo sono un affare serio. Non vanno presi sotto gamba, meritano una seria disamina e molta sincerità: io, per esempio, non riesco a dimenticare l'offesa di uno che diceva di accettare di essere mio amico per tutta la vita e che, ospitato a casa mia in Barbagia, non ha accettato di mangiare il sanguinaccio e le interiora che gli avevo offerto... Prima o poi gliela faccio pagare.

Ventuno parole da un sardo d'oltremare

Inverno

La Barbagia d'inverno, dunque. Per un barbaricino l'inverno è quasi una condizione naturale. Certo, per chi è abituato a pensare alla Sardegna smeraldizzata, alla Sardegna come regione monostagionale, può sembrare una stranezza pensare alla montagna, al clima alpino, al freddo secco, alla neve... Eppure basta voltarsi dal mare alla terra e si possono vedere le montagne che si gettano nell'acqua. Dentro a quelle montagne abita la sostanza di un territorio molto folklorizzato, ma ancora sconosciuto nella sostanza.

Il territorio barbaricino rifiuta, direi quasi geneticamente, il concetto di «divertimentificio», la costa barbaricina rifiuta la condizione di «Caraibi del Mediterraneo», che tanto piace ai tour operator improvvisati e ai turisti da gossip. Chi navigasse da Posada ad Arbatax lo capirebbe al volo. Chi passasse per mare dalla costa gallurese, quella dove è sempre estate, a quella barbaricina, dove le stagioni si alternano, vedrebbe a occhio nudo la differenza.

È proprio l'inverno che dà alla Barbagia quella profondità di territorio vivo, che fa la differenza per il viaggiatore rispetto al turista. Perché, come l'estate sostanzia il mare, l'inverno sostanzia i monti... A Nuoro, in Barbagia, d'inverno...

Se veniste da queste parti, dunque, dove sono nato io, dovreste affrontare il tratto più straordinario dell'intera 131, dal mare fino all'interno, salendo appena, e sareste gratificati nella vista e nell'olfatto. Da Olbia a Nuoro tutto profuma. Prendetevela comoda, fateli lentamente, col finestrino abbassato, quei cento chilometri scarsi di verde e d'azzurro, di pini, lentischio, vigneti, querceti; di mare e montagne che si baciano. Nuoro è più in là, seminascosta, sull'altipiano. Passato il bivio di Lula, alla vostra destra, sulla cima di monti nerissimi, potreste salutare Orune ventosa. È segno che siete penetrati in Barbagia. Dopo dodici chilometri di salita costante, ecco il segnale, un raccordo porta verso la collina di Ugolio, il nuovo ingresso di Nuoro ornato di pini ed eucalipti.

Prima che fosse costruita la superstrada si entrava dal lato opposto, fiancheggiando l'Ortobene e sgorgando nella valle. Al centro del palcoscenico, col quartiere San Pietro al fianco, la piana di Oliena schermata dalla mole dolomitica del Corrasi. Il nuovo ingresso è meno magico, introduce senza preamboli la zona di espansione abitativa. Una di quelle zone che fanno sembrare ogni posto lo stesso posto, ma non scoraggiatevi, l'anima antica di questa città respira attraverso il cielo aperto, i volti della gente, la luce smaltata, l'aria aromatica. Si tratta di procedere e, andando avanti, ritornare indietro. Al periodo in cui questa città era un paese di settemila abitanti lastricato di granito. Già all'altezza di via La Marmora si entra in quel passato. Alla destra Seuna, il quartiere dei contadini, si aggrappa al crinale con le sue case larghe e le sue corti. L'anima silenziosa e pia del luogo, come un paese a sé stante, un piccolo universo che vortica intorno alla seicentesca chiesa della Madonna delle Grazie, umile e maestosa. Da quel centro i nuoresi della terra avevano mosso processioni e intonato litanie contro la peste, affidandosi a una Vergine portata dal mare. Da quel centro i legni da ardere hanno impregnato l'aria dell'aroma del leccio e della quercia attraverso i camini. Sino a cinquant'anni fa, quello era il punto più basso, zona di silenzio discreto e di umile sussiego. Sino a cinquant'anni fa le trame di vicoli e *stradelli* che l'attraversano, ora asfaltate, erano straziate dalle ruote ferrate dei carri a buoi. In quei cortili, ora piccoli giardini d'inverno, si mondava il poco grano, si allevavano le galline, si preparavano le olive per il frantoio.

Ora che Nuoro è diventata una città, qualcosa rimane a Seuna di quel silenzio, di quella discrezione operosa, di quella peculiare visione del mondo. Nelle case aperte intorno al cortile sempre lindo, nelle piantagioni di basilico e prezzemolo dell'orticello interno, nell'ombra scura che frantuma la luce impietosa. È la luce di *Cenere* della Deledda, la luce maestosa che bacia i poveri di questa terra. Ancora qualche Tatana si aggira per quelle strade con la compostezza di una divinità intoccabile. Procedendo in avanti, lasciandosi Seuna alle spalle, si imbocca corso Garibaldi, che in altri tempi si chiamava Via Majore, strada maggiore. Lì i nuovi signori hanno fatto costruire le loro miniature di case umbertine come argini al fiume di granito grigio che ricopre quel tratto. Il notaio e l'avvocato avevano edificato alla continentale, case intonacate con balconi scenografici come palchi, in prima fila nel teatro della modernità incombente. È il cuore trapiantato di questo posto, non senza continui rigetti, ma sempre attivo. È la via del commercio e degli incontri. Un ponte fra l'arcaico dimesso di Seuna e la carne viva, il cuore torbido di San Pietro. Il quartiere San Pietro, appunto, che inizia proprio dove finisce il corso. E sembra di essere arrivati in capo al mondo. Qui il silenzio è impregnato di una strana, inspiegabile inquietudine, quella dei padri pastori, probabilmente. Le case si fanno alte e sottili, grigie di un grigio argenteo. Per San Pietro il centro pulsante è la chiesa del Rosario, sede di prevosti acuti e parroci coltissimi. Sede di arte e pastorizia. È l'epica di una Barbagia troppo spesso vittima della sua stessa epica. Il nido di corvi magnificato da Salvatore Satta nel *Giorno del giudizio*. La rocca dei Corrales, magnifici e briganti. Lo scrigno di tutti i pregi e di tutti i difetti della nuoresità. Orgogliosa di un orgoglio turbolento.

Qui siamo nella letteratura, siamo a Macondo. Attraversare questa porzione di mondo qualifica la differenza tra il viaggiatore e il turista. È un posto senza malie, è quello che appare: una storia scritta sulle facce, su ogni masso di granito, su ogni ciottolo di fiume dei selciati. È San Pietro: prendere o lasciare. È l'antichissima chiesetta di San Carlo, è la casa della Deledda, è la morbidezza avvolgente della pietra nuda. È la macchina del tempo nel suo procedere, un impasto di contemporaneità e arcaismo. Le greggi sono lontane, ma queste case sono state costruite proprio dalle greggi.

Guardate le mani dei *santupredini*, ancora sanno impastare il pane *carasau*, ancora sanno mungere le pecore e pressare il formaggio, ma, allo stesso tempo, hanno imparato a guidare l'ultimo modello di fuoristrada, a premere i tasti di un computer, a digitare nei loro microscopici cellulari per comunicare col resto del mondo.

Vale la pena, adesso, di incamminarsi verso il colle di Sant'Onofrio, bisogna ritornare verso il corso e attraversare l'arco del Seminario fino alla cattedrale, sola e magniloquente, il segno tangibile di un mondo che mira in alto. È neoclassica, la cattedrale, custodita da due campanili come sentinelle, l'hanno costruita su un'altura con l'abside sospesa nello sprofondo. L'hanno costruita perché restasse sola, perché non potesse essere inghiottita dalle case. È bella di una bellezza lineare, è sobria di una sobrietà taciturna, squilla solo il rosa della facciata. Comunque è da lì che si giunge in cima al colle. A «mezzo del cammin» una sosta al Museo del Costume è d'obbligo, lì sono custoditi gli abiti che hanno ricoperto il corpo tenace di questa terra. Così si arriva in cima a Sant'Onofrio, attraversando un parco dove tutto si dimentica, e la terra si apre magnifica sotto al vostro sguardo. Indimenticabile.

Sono nato nella salubrità. Su un altipiano circondato da boschi. Eravamo poveri, tutto era povero intorno a noi. C'erano inverni talmente freddi e secchi che di notte si doveva tenere una bacinella d'acqua sul comodino perché la lingua non si attaccasse al palato... Ero un bambino che poteva contare sul clima. La mia infanzia è passata tra l'aria buona e l'apice dell'Anonima Sequestri. Eravamo in fondo a tutte le classifiche, ma non per l'aria, il nostro valore aggiunto era l'aria pura... E il colore turchino del cielo di Barbagia... A ben pensarci quello che siamo, la stessa posizione in cui si trova il posto in cui sono nato, è dipeso dal clima, dalla necessità di sfuggire all'aria malata.

Mio figlio continua a chiedermi come è possibile che il progresso sia inversamente proporzionale alla qualità dell'aria: è possibile che per star bene sia indispensabile star male? Io non sempre so cosa rispondere ma mi viene in mente mio nonno, davanti alla televisione che trasmetteva la notizia di Armstrong che calcava la sua impronta sul suolo lunare, ci guardava scettico e preconizzava un futuro terribile per il clima. Diceva lui che quella profanazione non era progresso e che sicuramente le conseguenze sarebbero state nefaste. Tutto quello che accadde subito dopo parve dargli ragione, ma io continuo a dire a mio figlio che esiste una strada per un progresso pulito che è la strada del buon senso e della responsabilità personale. L'impegno personale è gratuito come quell'aria pura di fanciullo... Troppe volte negli ultimi tempi la campagna in cui giocavo è stata fagocitata dalla stupidità criminale dei piromani. A mio figlio dovrò spiegare che mentre noi parliamo qualcuno il suo impegno personale l'ha già investito altrove. E dovrò spiegargli che la nebbia e le macchie malsane che compaiono nel cielo barbaricino significano che mentre io riflettevo qualcuno agiva. «Ti sei distratto?» mi chiede qualche volta. E io vorrei poter rispondere come mio nonno fece con me.

Storia

La Barbagia degli albori del novecento è una polveriera. Le leggi dello Stato unitario, giovanissimo, e, ancora prima, quelle del Regno sabaudo, hanno rimestato nel calderone ribollente di una fetta resistenziale, la Barbagia, appunto, in una regione apparentemente addomesticata.

Quando il generale La Marmora visiterà la Sardegna, il suo passaggio verso il cuore nero dell'isola sarà accompagnato da oscure minacciose presenze che egli stesso riporterà nei suoi diari di viaggio. Quello che per il governo centrale rappresentava un ingresso nella modernità, per una regione altrimenti arretrata, per i sardi, e per i barbaricini in particolare, rappresentò la rinuncia a una forma di autogoverno e autodeterminazione che, nel bene o nel male, aveva svolto il suo compito d'impulso normativo fin dall'epoca preromana. Era un governo di terre e di greggi di anziani, *senatores*, che definivano di volta in volta l'applicazione o meno del codice interno alla tribù. L'editto sabaudo delle chiudende del 1820 dà un colpo tremendo all'economia di un territorio che basava il suo essere sull'uso da parte dei pastori di terre comuni e inalienabili. Quell'editto, per paradosso, porta il latifondo in un territorio che non l'aveva mai conosciuto. E, con esso, porta il paradosso di impiantare il medioevo in età moderna.

Le reazioni dei barbaricini non sono tenere, l'innesto forzoso di una legge incompresa produce un fenomeno fino ad allora strettamente marginale e sempre controllato da severissime leggi interne: il brigantaggio. Questa, a grandi linee, l'origine di quello che si può definire resistenzialismo ad oltranza della Sardegna interna. Una Sardegna che ha dovuto subire una palese disparità di trattamento rispetto al resto della nuova nazione appena costituita. Le grandi speculazioni nel suo territorio delle banche francesi irretite da promesse di bengodi coloniale, e il conseguente cinico ritiro dal mercato, col fallimento degli investitori che avevano creduto nell'operazione, producono una situazione di scontento che si sostanzia nella ricerca di giustizia personale. Intere famiglie rovinate vanno a ingrossare la massa dei nuovi poveri in un territorio che aveva conosciuto una dignitosa povertà, ma non l'indigenza. Il brigante nato per principio diventa la rappresentazione arrogante di un'altrettanto arrogante prevaricazione.

Le guerre in cui lo Stato italiano appena nato si impegna per entrare nel novero delle grande potenze specificano il ruolo della Sardegna come serbatoio di carne da guerra. Nasce dopo la sconfitta di Adua il mito del sardo guerriero da affiancare a quello del sardo bandito. Che le due cose spesso coincidessero è solo un'ironia del destino. Siamo ai primi del novecento, dunque, nel calderone della Barbagia, guardata a vista dall'esercito prima piemontese, poi italiano, come un territorio nemico, si agitano oltre duecento latitanti. La maggior parte di questi agisce e prospera nel territorio barbaricino. Territorio che, nella leggenda del governo centrale continentale, diventa la nuova Cayenna. Fino a tempi recentissimi, quando si voleva minacciare un militare gli si prometteva un immediato trasferimento in Sardegna. Ecco, la Sardegna è un nonterritorio, più un'entità che una specificità. Un luogo di sfruttamento, ma anche di castigo. Così inizia il matrimonio fra l'isola e il continente italiano.

Distanza

Nel 1969 avevo nove anni. Non sapevo esattamente cosa significasse abitare in un'isola, lo capii quando i miei cugini continentali, al telefono, mi avvertirono che là da loro, oltre chissà quale mare, a Roma, in edicola era arrivata la nuova serie di figurine del campionato di calcio. Un campionato importante, quello del 1968/69, mica un campionato come un altro. C'era il Cagliari in serie A, un Cagliari talmente grande che stava nell'album insieme alla Juve e all'Inter. In casa mia si faceva il tifo per la squadra torinese, ma quell'anno il tifo fu equamente ripartito. Comunque il problema era che i miei cugini avevano fra le loro mani l'album e le figurine e io ancora no. L'edicolante sotto casa mi guardava arrivare e mi faceva segno di no: niente, forse domani. «Forse domani» non arrivava mai. Qualcuno nel mio vicinato sosteneva che proprio da Cagliari ci fosse un boicottaggio contro i nuoresi perché erano convinti che avrebbero tifato per la Sampdoria, piuttosto che per i *casteddai*. Ma non era così, quell'anno, quel campionato è stato una pietra miliare per un'idea della Sardegna che fosse regione, patria, fino in fondo.

Valeva la pena, allora, di sprecare metafore e invocare la retorica, perché il senso di appartenenza era un atto di fede: le partite si sentivano alla radio, per le facce dei calciatori bisognava aspettare le figurine e l'album. Gli eroi poveri della nostra ritrovata appartenenza avevano facce comuni, facce da bravi ragazzi con tagli di capelli alla moda. Sì, perché lo status di calciatore allora era avere la fidanzata bionda, portare i baffi a manubrio, e maglioncini attillati. Non ci si sentiva in colpa, allora, a eleggere a eroi quei ragazzotti quasi anonimi che ci guardavano con sospetto oltre il riquadro della figurina, certo rispetto alla media dei comuni mortali erano ben pagati, ma ancora erano distanti dal percepire il corrispettivo del Pil di uno Stato africano e quindi erano eroi possibili. Comprare le figurine, ordinarle per squadra, attaccarle nell'album diventava un modo per santificare anche un piccolo pantheon infantile di eroi sardi. Era far parte di un gioco più grande. Braccia conserte, con lo sguardo assorto, i nostri eroi domestici, un po' capelloni, un po' impiegati di banca, ci dicevano che stavano portando oltremare un'idea della Sardegna. Avevo nove anni, avevo un album da comprare e già un discreto numero di valide e bisvalide da scambiare, fino a poco tempo prima Cagliari era stata molto più distante, ora era vicinissima, vicinissima alla Juve...

Paesaggio

Guardare il paesaggio che ci circonda non vuol dire necessariamente vederlo. Questo paradosso mi pare stia alla base di molti dibattiti che agitano l'isola in questi tempi. Guardare un paesaggio descritto da un piano paesistico può significare elencare i dati di una sconfitta, oppure siglare un patto, oppure dichiarare un'utopia. In nessun caso significa guardare il paesaggio. E questo perché «guardare un paesaggio» significa essere quel paesaggio. Un piano paesistico, in questo senso, deve assomigliare piuttosto a una carta d'identità.

Lingua

La questione della Lingua in Sardegna andrebbe sottratta alle secche della complicazione in cui è stata artatamente disposta e riportata alla sua complessità naturale. Andrebbe, cioè, sottratta al controllo delle caste sacerdotali furbescamente «unificatorie», per restituirla alla gente. Certo, rinunciare al governo della Lingua in questo momento della storia sarda significherebbe rinunciare a una forma di satrapia strisciante e, perché no, all'accesso a un bel po' di fondi regionali concessi dalla Legge 26 e dintorni. Ma proviamo a proporre un paesaggio diverso partendo proprio da quello che nessuna legge sancisce: la soluzione del Sardo Unificato, o «mesanizzato» che sia. Che poi si decida per queste forme artificiali è solo una strada come un'altra, ma chi ha detto che sia l'unica? Proviamo a esporre la situazione in atto. Quando si parla di Lingua sarda, sembra che ci piaccia l'idea che una lingua non abbia contatti col mondo circostante, parliamo, cioè, di una sorta di gas perfetto, di un oggetto inanimato. Guardiamo alla nostra Lingua come a qualcosa che non ci appartenga. L'idea è sempre quella che la Sardegna normativa, quella dell'economia del folklore, quella, per intenderci, che fa audience, è enormemente più ristretta della Sardegna geografica.

Il concetto deprimente è che esista una Sardegna vera e una Sardegna così così. Una Sardegna vera, che ha lingua, civiltà, costumi, canti, cibi, balli ecc.; e una Sardegna così così, che non ha niente di tutto questo. Quando si pensa a un Sardo artificiale si pensa, in fondo, ma nemmeno tanto, che ci sia una parte della Sardegna, e non piccola, che possa, anzi debba, rinunciare alla propria visione del mondo in nome della Sardegna-Sardegna. La verità, io credo, è che le cose stiano diversamente. E sarebbe che complicare il problema della Lingua in nome di una unificazione posticcia significhi rinunciare a una complessità di visioni e di intenti che sono un valore in una cultura e non un disvalore.

Consideriamo tra l'altro che la questione della Lingua diventa fondamentale in Sardegna solo grazie al fatto che si è deciso di finanziarla salatamente. La presunzione delle caste sacerdotali linguistiche arriva fino a invocare per la Sardegna il «modello catalano», che è un modello di economia egemone, ma non certo di cultura, sotto molti aspetti un modello leghista, prodotto, cioè, da una classe dirigente forte che «impone» la propria diversità attraverso una lingua pensata a tavolino. Per un modello del genere occorre un'economia forte, occorre cioè una visione «prepotente» di se stessi e della cultura come territori di conservazione e di egoismi. Chi attinge dalle leggi attuali di salvaguardia della Lingua e della Cultura in Sardegna con l'intento di costruire *ex novo* un'idea di sardità, commette, a mio parere, l'errore di piangere un morto che non esiste. E commette l'errore di non considerare esperienze straordinarie e di segno opposto come quella del Friuli. L'errore gravissimo a mio parere sarebbe coprirsi gli occhi di fronte alla meravigliosa varietà che questo territorio ancora miracolosamente esprime. Ora, può darsi che quello che è diventata la Sardegna dopo un secolo e passa di unificazione, dopo la scrittura, dopo la televisione, non piaccia a chi vuole imporre la Sardegna-Sardegna, ma io credo che costoro debbano considerare il peso della Storia e della Realtà. Il fatto di dare un giudizio negativo della Storia e della Realtà non significa che queste due forze terribili non abbiano attraversato comunque la Sardegna. L'idea di ignorare lo *status quo* per diventare genitori di una lingua, di una storia, di una realtà che non esiste, mi pare un modo per rinunciare a contare veramente. Perciò credo che, in definitiva, il progetto di un Sardo artificiale, in fondo, sia un'ammissione di sconfitta, l'ennesima di chi preferisce produrre il turismo di se stessi, piuttosto che vivere con coraggio la propria condizione di cittadini del mondo. La protezione della riserva indiana è per alcuni preferibile al rischio di guardarsi allo specchio. La lagna perenne è per alcuni preferibile alla coscienza della propria responsabilità. Una cultura forte è una cultura in cammino. Possiamo pure decidere di mettere in gabbia una lingua, ma lei tenterà comunque di scappare. E allora sarebbe auspicabile un'idea della Sardegna che non partisse da una scala di valori determinata dalla quantità di sardità che essa esprime, anche perché quell'idea di sardità è assolutamente relativa, ma dalla pari dignità. E allora preferirei che affianco al concetto di Lingua Sarda fosse sempre presente il concetto di lingue e dialetti attraverso i quali i sardi si esprimono. Non inferiori. Idee del mondo che nessuno ha il diritto di cancellare in nome di un Sardo posticcio. Lingue che andrebbero tagliate in nome della necessità di non tagliare le lingue. Non è paradossale ciò? Che per rispondere al taglio del Sardo si proceda al taglio dei sardi? Ci sono intere aree della Sardegna che vengono trascurate quando si parla di lingua: il sassarese, per esempio, variante urbana supportata persino dalla grande poesia di Pompeo Calvia. E il magnifico gallurese, perché dovrebbe sottostare alla geografia etnofolkloristica che lo vede in terza o in quarta fila rispetto al Sardo

sardo? E il tabarchino? Perché dovrebbe rinunciare a esprimere la sua misura di apporto, trasporto e supporto, travaso da una civiltà all'altra in nome di una casualità geografica? È presto detto: perché ci stiamo abituando a un'idea di noi stessi che è inferiore a quanto noi stessi riusciamo a esprimere. Perché la complicazione dell'economia di sussistenza ha inventato voci di bilancio che invitano a costituire *curricula* e pedigree: più sardi, meno sardi. E perché a decidere il più e il meno sono sempre gli stessi che a suo tempo non trovavano strano «sprovincializzarsi e togliersi di dosso il puzzo di pecorino». Ci sono gli spazi, nonostante i tentativi, nemmeno tanto nascosti, di banalizzarci, per esprimere con forza tutta la nostra magnifica complessità. Non si può accettare di far parte di una cultura che abbraccia un modello classista ed egoista e che risponde con la legge del taglione a quanto avrebbe subìto. Ammesso che ciò sia avvenuto e che non sia stato il prodotto di una resa incondizionata. Studiamo, conserviamo, finanziamo, ma non vorrei mai la responsabilità di essere fra quelli che decidono quale sia la morfologia, la biologia, la genetica del sardo sardo contro il sardo così così. Se non accettiamo le nostre differenze di popolo perché gli altri dovrebbero accettarci come popolo differente?

Folklore

La Barbagia dagli inizi degli anni sessanta è una sorta di terra di passaggio. Un ponte, un brodo di coltura, uno spazio all'interno del quale la memoria e il folklore si combattono senza esclusione di colpi. La memoria pare essere retriva, come un incidente in quella cultura dell'oblio che, vincente, ha finito per produrre l'Italia odierna. Il folklore, al contrario, è il mercato della memoria, il risultato di una revisione di se stessi, che non parte da se stessi, ma da modelli autorizzati d'importazione. Attraverso la memoria si alleva un orgoglio che il folklore trasforma in *balentìa*. In pieno boom economico il prodotto interno lordo della coscienza della propria cultura si trasforma nella moneta cash del mito del bandito, pronta da spendere per il turista in cerca di emozioni forti. Il latitante ottocentesco che rappresentava il sintomo di un'incomprensione reale (non dimentichiamo che ai sardi che erano diventati italiani non l'ha detto nessuno) si trasforma, in contemporanea con l'era televisiva e con l'invenzione della Costa Smeralda, nel portatore mediatico di istanze para-autonomistiche folklorizzate, ormai troppo distanti dalla memoria che le aveva generate.

Gli intellettuali sardi, oltre ad aver stilato un listino prezzi della sardità sottoforma di Pro Loco e sagre improbabili, hanno anche sancito la liceità della ribellione mediatica in nome di un supposto status «precedente al contratto sociale» della società barbaricina. Il che appare tanto più paradossale se si pensa che, mentre si procedeva alla salvaguardia del pedigree, ci si scordava di difendere la Lingua. Sicché, mentre si invitavano i sardi dell'interno a ballare e cantare, mentre si tiravano bonariamente le orecchie al bandito gentiluomo, prima che diventasse tutt'altro che gentiluomo, si invitavano i genitori a non incoraggiare nei figli del boom economico l'uso della lingua sarda. Oggi, a distanza di quarant'anni da questo clima, la lingua sarda pare essere ridiventata non solo importante, ma persino fondamentale per una definizione perfetta del nuovo, addomesticato, concetto di identità. Paradossalmente, ora che esiste una legge che la salvaguarda, non esiste più una lingua da salvaguardare. La memoria avrebbe potuto farcela, il folklore si sta attivando per monetizzare il gap.

Memoria

Bisognerebbe intendersi sul concetto abusato di Memoria. Memoria è un'espressione talmente intima che è piuttosto complesso, se non inutile, provare a formalizzarne una collettiva. Io non ho mai creduto interessante l'ipotesi di una Memoria Ufficiale, anche perché tenderebbe a stabilire gradi di appartenenza: più sardo, meno sardo. L'unica cosa di cui sono certo è che Memoria non è Passato. Il Passato è un'altra cosa, quello si può ricostruire per tracce. Ma la Memoria è un atto dello spirito, è cibo per poeti. Il Passato è un dato. C'è una tradizione che appartiene al passato e c'è una tradizione che appartiene alla memoria, ecco: spesso queste due tradizioni non coincidono. Io credo che sia il motivo per cui abbiamo bisogno di poeti e narratori. Quanto più è chiara questa differenza, tanto più c'è necessità di spiriti liberi che facciano da ponte fra queste due distinte percezioni. Compito di poeti e narratori dovrebbe essere quello di provare a inserire questi due mondi in una visione più ampia, meno localistica, meno compromessa. Memoria non è Passato, Passato non è Tradizione. Quest'ultima è troppo spesso considerata un orpello, la mera espressione di un atto conservativo. Eppure la Tradizione è l'ago oscillante della bussola attraverso la quale possiamo stabilire senza ombra di dubbio in che punto della nostra Storia ci si colloca. E sapere questo significa rinunciare definitivamente al concetto di unicità come benefit. Perché finalmente siamo unici in quanto uomini di questa terra, non certo in quanto sardi. Quando negli anni cinquanta, attraverso le Pro Loco la Sardegna, la Barbagia in particolare, si è ripensata in senso tradizionalista, l'ha fatto per una ragione meramente economica, ha per così dire sfruttato un dato di fatto, l'ha addomesticato mondandolo dai sapori troppo forti, per renderlo esportabile, costruendosi come prodotto di consumo.

Così, mentre si scoraggiava la Memoria, abolendo l'uso della lingua, per esempio, si incoraggiava non tanto il Passato, quanto il mercato del passato di costumi e balli, spesso inventati *ad hoc*. Quel passato è mercato, ma il senso sta nella Memoria. Quel passato rielabora a tavolino, conserva e cristallizza. La Memoria ragiona in senso darwiniano: quanto non serve sparisce. E ciò per fortuna non avviene solo in Barbagia o in Sardegna. Se non si considera questa dicotomia si rischia di ridurre a popolo una varietà di popoli, si rischia di rendere singolare uno straordinario plurale.

Puntualmente alle tre del pomeriggio, quando tutti gli altri erano a letto, mia nonna, che dormiva pochissimo, mi permetteva di accompagnarla in campagna a raccogliere finocchietti selvatici e asparagi. Abitavamo «in città», *in bidda*, ma la campagna era a due passi. Ancora fra i palazzi passavano le greggi e le mandrie e ancora per strada ero in grado di stabilire la bestia dal suo sterco: d'asino rotonda e soda, nera e spaccata in due come un seme tropicale; di cavallo più ampia e meno soda ma tondeggiante e marrone; di mucca a scaglie piatte come un cretto vulcanico; di pecora nerissima, a pallini come olivette selvatiche. Era vivere country con la campagna che ti fiatava sul collo appena ti muovevi.

Dalla cima della collina si vedeva casa nostra, poi bastava voltarsi e non si poteva nemmeno essere sicuri di essere nel proprio tempo. In piazza il sole secco stampava disegni nerissimi sul selciato. Il bar sembrava una caverna glassata di mosto. I cowboy nostrani occupavano il bancone vestiti di vellutino. Indossavano i gambali. C'era un'eleganza strepitosa nella naturalezza con cui portavano quegli abiti. Non c'era ricercatezza. Tutto si presentava per quello che era. I capelli rasati alla nuca sotto al berretto a visiera che pareva piccolissimo, il collo candido che faceva pensare a uomini indelicati con la pelle delicatissima. E poi c'era l'indifferenza un po' gagà con cui questi campagnoli si buttavano sotto un albero per dormire al fresco.

Era la campagna che ti respirava addosso come una balia di campanacci lontani lontani, come una porzione sonora di realtà. Nel vascone in cortile mio nonno puliva le viscere delle bestie macellate per farne intrecci da cuocere alla brace... Alle cinque si usciva. Un po' cittadini, un po' campagnoli. Nella città campagna.

Nei saloni, garage, rivestiti di carta di giornale, con gli impianti elettrici volanti si ascoltava la *hit country* del tempo. Era Vittorio Inzaina, un po' uomo un po' centauro, col volto grafico, equino, ma virile e rassicurante. La voce era equina, naturalmente mutuata dalla campagna, cantava *Ti vedrò dopo Messa*, era un parente prossimo, quasi genetico, del compianto, magnifico, Andrea Parodi, voce tragica nel senso primigenio, concreto e belante del termine. Come la voce mercuriale dei *tenores* un po' di gola, un po' di palato, un po' di naso. Eh, quel Vittorio Inzaina era il fratello maggiore di Marisa Sannia, anch'essa nervosa come una cavalla da corsa, elegante e dimessa.

Questa vaghezza equina nell'accezione divina del termine era lo stampo della campagna: mascella importante, denti grandi, corpo asciutto. E la voce del pastore che guida il gregge. Era tutto lì. Il centro di un universo finito, perfettamente compiuto. *Ti vedrò dopo Messa* nel jukebox di quello che tutti chiamavano «il bar dei comunisti» era D9. E il pezzo iniziava con l'armonica a bocca proprio come nei titoli di testa di un film di John Ford.

Io ho visto molti traghetti. Ne ho sentito l'odore di nafta, ne ho toccato i legni viscidi di salsedine. Ho attraversato molte volte quella passerella dal Tutto al Nulla basculante. Per poi rientrare in un altro Tutto, che è il Mondo questa volta. Ho dovuto capire presto che attraversare quella passerella era il modo per abitare l'altrove. Io so che c'erano giorni terribili, quando su quel traghetto si saliva per conoscere gli ospedali, per trovare un lavoro, per sostenere un concorso. C'erano anche albe bellissime del tutto rovinate dall'angoscia della partenza, che era strada da percorrere e mare da navigare.

Io ho visto quei giorni lì, quando anche la gioia per l'avventura si trasformava nella stretta per la navigazione, quando l'entusiasmo per quanto ci aspettava oltremare era appannato da un senso inenarrabile di solitudine. Io ci sono salito spesso su quelle passerelle per passare da me a me. Con terrore entusiastico e con la stretta alla gola che ti afferrava non appena il traghetto cominciava a vibrare, ché da lì in poi si andava e non era possibile tornare indietro.

Quando si parte non si torna più, quando si nasce non si può più andar via. Prigione marina e mare autostrada. Del resto non è proprio il mare che rende un'isola un corpo a sé?

Io ho fatto il turista a casa mia. Certo. Nella terra/spiaggia. Nella terra/ciambella. Nella terra/vacanza. Io ho visto bene me stesso col costume della festa. E mi sono visto come gli altri mi vedevano, non com'ero. Perché adattarsi allo sguardo altrui può diventare una forma di sopravvivenza, ma anche una forma di eutanasia. Quanto tempo ci ho messo a decidere? Quanto tempo ci ho messo a capire? Io non c'ero, semplicemente. E quello che c'era non ero io, ma l'immagine di me: taciturno, amico fedelissimo, gran lavoratore... Sardo sardo, troglodita di lusso, amorevolmente dimesso eppure diffidente e distante. Con memoria d'elefante e, oggettivamente, piccolo di statura, ma ben fatto. Sardo sardo. Io sono stato un'immagine d'altri: bastava solo aprir bocca.

Io sono stato la conferma di un luogo comune, volendo rinunciare, per smarrimento, a quanto disattendesse il canone non scritto. Ho condotto eserciti di amici continentali in giro per spiagge per mettergli a disposizione quanto di meglio possedessi. E mi aspettavo sguardi incantati, ma anche quegli sguardi erano solo parti in commedia.

Dopo la roccia cercavano il resort... E alla spiaggia gli stabilimenti... E un chiosco decente in riva al mare. Ho fatto il tour operator di me stesso: mi sono guardato ballare anziché imparare a ballare, mi sono sentito parlare anziché imparare a parlare. Ho vestito il costume senza metterci il cuore dentro. Il cuore era sempre da un'altra parte, dietro le quinte, nell'attesa di un riconoscimento e di qualche moneta nel cappello alla fine dello spettacolino.

Patria

Ho sempre pensato alla terra in cui sono nato, cresciuto e ricevuto l'imprinting, come categoria o punto di riferimento per capire e rapportarmi al mondo. Per quanto mi riguarda, la Sardegna, più che una terra, è stata una categoria del pensiero, pensiero che mi ha guidato sempre nelle mie scelte di vita. Come a dire che, per adesione o per rifiuto, comunque dalla Sardegna non ci si stacca. Dalle nostre parti si dice *cradananca*, che vorrebbe dire zecca. Ecco: quel pensiero, quella visione del mondo sono stati per me come un insetto, a volte molesto, che richiedeva la sua dose del mio sangue e dal quale non potevo separarmi se non a prezzo di un intervento chirurgico. La qual cosa mi avrebbe comunque lasciato una cicatrice indelebile. Io con la mia *cradananca* ci convivo, qualche volta la dimentico, qualche volta mi infastidisce, qualche volta sono tentato di liberarmene, ma sempre rinuncio. È lei che mi riporta a casa tutte le volte che ritengo di poterne fare a meno; è lei che mi dice, e mi ripete, che devo essere qualcuno se voglio essere qualcosa. È lei che mi spiega che il cuore della scrittura non è un preciso punto geografico, ma un sentimento del Mondo. Agli intellettuali, agli attori, agli scrittori, ai poeti, agli artisti, spetterebbe di dimostrare la faccia magnificente di un paese in declino.

Il destino della mia piccola Patria ha qualcosa che assomiglia spaventosamente al destino della mia Patria grande. Ma con un surplus di generale disinteresse che ne amplia e definisce una prospettiva, e un futuro, assai deprimenti. Il principio, per esempio, che se di una cosa non si parla di fatto non esiste. Se di scorie nucleari e di regioni pattumiera non se ne parla, non esistono... Se di abusi edilizi e cementificazione delle coste non se ne parla, non esistono... Se di degrado e sperequazione sociale non se ne parla, non esistono. Per la mia Patria sembrano esistere solo i *balentes*. Sembrano esistere solo i pochi metri quadri di coste smeraldate e tutto il campionario di nani e ballerine che li affollano. Esiste quello di cui si parla volentieri. Tutto il resto non esiste. Anni e anni di rapaci servi sciocchi non esistono a tal punto che gli stessi servi sciocchi cambiano abiti e mezzi, qualche volta, in omaggio al capo, vanno dal chirurgo plastico, ed eccoli di nuovo in pista a chiedere fiducia e voti. Prima non c'erano e quelli che c'erano non erano loro e se erano loro hanno trasformato la faccia tosta in faccia di bronzo. Vedete, sembra di parlare di Sardegna e invece si sta parlando d'Italia... Se di torture non se ne parla non esistono, se di ostaggi in mano agli iracheni non se ne parla più cessano di esistere. Sembra di parlare dell'Italia e si sta parlando del mondo.

«Balente»

Sono uomini da niente. E rappresentano quell'inciviltà che fa dimenticare anni, secoli, millenni di civiltà. Sono un incubo che ritorna. Che ci fa ripiombare nel buio della prepotenza. Sono gente *metzana*. Non *balenti*, un *balente*, quello vero, ha la dignità, ha un codice. Loro non ci rappresentano, non sono sardi, non sono di nessuno. Hanno rapito uomini inermi, persone oneste che hanno lavorato per tutta la vita, hanno distrutto la pace di mogli e madri, di figli e figlie. Bravi, bravi davvero, proprio un bel coraggio portarsi via la dignità di un uomo, umiliarlo e, con lui, umiliarci tutti. Noi non li riconosciamo. Non si credano speciali, non ci chiamino in causa con giustificazioni di alcun genere.

Non c'è storia, non c'è situazione particolare, non c'è giustificazione. La retorica antropologica smetta di sprecare parole, gli analisti politici per una volta scendano sulla terra, gli storici ci raccontino un'altra storia. Perché queste analisi, questi arzigogoli sono tentennamenti, mentre gli uomini da niente non tentennano, nella loro estrema ignoranza sanno solo che lungo la strada della violenza saranno protetti dal silenzio, dalla paura e dalla rassegnazione...

Mi ricordo che da bambino, quando a tavola si seguiva il telegiornale e qualcuno veniva rapito, mio padre sbiancava, si vergognava per i rapitori, si vergognava per se stesso e per me che lo guardavo, come se parte del riscatto, anzi la parte più consistente del riscatto, fosse generata proprio da quel sentimento terribile di percepire il male e non riuscire a dargli un nome. Questa afasia ha fatto di molta gente onesta dei complici involontari. Perché quel male un nome ce l'ha e si chiama vigliaccheria. Non c'è *balentìa* a rubare la pace. Gli uomini da niente questo lo sanno e infatti si coprono il viso, quando rapiscono, quando minacciano, quando sparano ai portoni chiusi di notte. Gli uomini da niente non sono nemmeno uomini. Hanno scelto e hanno sguazzato nella loro scelta involontariamente sorretti dal dissenso silenzioso di tanti. Quel silenzio è la loro vittoria sempre, a tutte le latitudini. In Colombia come in Iraq, in Israele come in Campania.

Quando in Sardegna coloro che si definiscono intellettuali, magari smettendo di banalizzare dibattiti su fiction e realtà, o cessando di crucciarsi per importanti premi letterari dati ad altri, cominceranno a svolgere il compito che si sono scelti, forse sarà meno assordante anche il silenzio che circonda un rapimento. Non bisogna mai definirlo l'«ennesimo rapimento», perché è terribile come se fosse il primo di tutti i rapimenti. Non ricadere nell'abitudine significa non rassegnarsi mai.

Il passaggio da uomini da niente a uomini semplicemente è la coscienza.

Silenzio

Pascolano, dunque, gli animatori del folklore giustizialista barbaricino. I patetici *balentes*. Poi cala il silenzio. E ognuno si gratta il suo dolore come una zecca che non si stacca. Alla società civile resta lo sgomento di capire, se mai occorressero ulteriori prove, che non vive in un Mondo Perfetto, e chi dice il contrario, attraverso la melassa televisiva, le sta ancora una volta, drammaticamente, mentendo. In un mondo perfetto, infatti, omicidi così impudichi, così pornografici, non sarebbero stati tollerati, in un mondo perfetto nessun omicidio sarebbe stato tollerato. E quando parlo di intolleranza non intendo solo da parte delle forze di polizia e degli inquirenti, no, intendo da parte delle persone, la gente comune. Intendo da parte di tutte quelle persone che si accalcano nelle camere ardenti a Nuoro, a Orgosolo, a Lula, a Orune, a Mamoiada... Per alcune di loro, in un mondo perfetto, ci vorrebbe meno coraggio a presentarsi davanti ai carabinieri e testimoniare di quanto ce ne voglia a partecipare al funerale delle vittime o a fare la fila nella camera ardente. Questo tuttavia presupporrebbe una coscienza, la quale, del resto, sarebbe gradita anche in un mondo imperfetto come il nostro. Poi cala il silenzio... Il silenzio della paura, il silenzio della disperazione, il silenzio della rassegnazione. La Pro Loco del fucile vuole questo: ricacciare nel profondo qualunque voce, riportare l'ordine costituito del più forte, uccidere qualunque speranza di riscatto. La Pro Loco del fucile vuole finire in prima pagina e nei titoli dei telegiornali.

Estate

Dunque fa caldo, un caldo d'inferno. Vi ricordate i bei tempi in cui le previsioni meteorologiche non ne azzeccavano una? Bene, dimenticateveli, ora le previsioni ci prendono e non sbagliano un colpo. Insomma, non molti anni fa, la temperatura si viveva con una specie di sana indeterminatezza: si prevedeva sole ed era nuvolo, si prevedeva nuvolo e c'era il sole. A ripensarci questa incertezza aveva i suoi pregi: intanto eravamo psicologicamente aperti e disposti alle variazioni, ora non più; poi c'era il fatto che comunque andasse, caldo o freddo, si faceva ricorso al sapere degli avi. Mio nonno, per esempio, diceva sempre che se ci sono le nuvole sull'Ortobene allora piove, in barba alle previsioni televisive. Altri ricorrevano alla meteorologia traumatica e questo apriva fronti infiniti di comunicazione: mi scatta la sciatica, dunque piove; mi lacrimano gli occhi, dunque fa caldo; ho mal di testa, dunque fa vento; si risveglia il male al ginocchio, dunque si è alzata l'umidità. Bene, trovatevi altri argomenti, il tempo, o meglio la temperatura, non è più un soggetto valido per riempire i silenzi imbarazzanti durante le conversazioni. Comunque, vi annuncio che anche questa precisione è diventata uno status symbol: tra i must dei regali per Natale o per un compleanno, oltre all'ultimo lettore di mp3, è arrivata la stazione meteorologica palmare satellitare da tenere sulla scrivania; costa un sacco di soldi e ti rovina la giornata, meglio di così... Protesto: tutta questa precisione nelle previsioni meteorologiche ci sta togliendo non solo la possibilità di scaricare piccole frustrazioni quotidiane, piove Governo ladro, ma anche la capacità di rapportarci personalmente con qualcosa che ci dovrebbe sovrastare.

Mi rendo conto che è una posizione filosofica e la filosofia lascia il tempo che trova, specialmente se ci sono venticinque gradi all'una di notte, come stanotte. La maledizione è che lo sapevo, l'hanno detto al Tg di mezzogiorno:

venticinque gradi all'una di notte, umidità del settantacinque per cento. A Nuoro. Roba da matti, prima che partissi non succedeva. Deve essere capitato qualcosa negli ultimi vent'anni. Innanzitutto non c'erano le zanzare, ora ci sono. Vi rendete conto? Nuoro è diventata città nella metà dell'ottocento proprio per sfuggire alle zanzare e alla malaria. Questo era un posto che poteva contare su un clima straordinario, lo ammettevano anche i detrattori. Clima secco, dicevano. Clima saluberrimo. Fidatevi, non è un caso se la Chiesa, ai tempi, ha deciso un trasferimento amministrativo da Galtellì a Nuoro. Umidità? Mai vista, dicevano. E allora com'è che nelle serate invernali a Funtana Buddia non si cammina per la nebbia? Un motivo c'è. I bacini artificiali e il turismo. A me l'hanno spiegata in questo modo: dunque, il problema dei problemi era la siccità, quindi occorreva costruire infrastrutture che vi ponessero rimedio. La diga del Coghinas è una di queste. Le dighe formano laghi artificiali, per esempio l'Omodeo. I laghi artificiali aumentano, con l'evaporazione, il grado di umidità. Il tutto avrebbe un senso se, oltre all'innalzamento del grado di umidità, avessimo anche un innalzamento della quantità d'acqua, ma così non è: cornuti e mazziati.

E poi c'è il turismo. Che c'entra vi chiederete? C'entra, e ve lo dimostrerò. Ragioniamo con calma: il tempo è denaro, l'introito più grosso della nostra economia regionale è il turismo. I turisti, si sa, sono animali strani, vogliono stare dappertutto come a casa loro, altra cosa sono i viaggiatori, ma questo è un altro discorso... I turisti, dicevo, non amano i disagi e converrete con me che le zanzare sono un disagio, ergo nelle località costiere si procede ad una massiccia campagna di disinfestazione. Le zanzare in fuga procedono verso l'interno. Qualche anno fa sarebbero morte per il clima inadatto, ora no, ora trovano il clima giusto grazie all'aumentato grado di umidità delle zone interne a causa dei bacini artificiali. E siamo daccapo.

È l'una di notte, a Nuoro ci sono venticinque gradi e il settantacinque per cento di umidità... Il cavalier Brambilla dorme tranquillo in costa nel suo bungalow disinfestato, senza nemmeno il ronzio della radiosveglia, e rinfrescato dall'aria condizionata e io, nella città più salubre della storia della Sardegna, quella dove appena tramontato il sole bisognava indossare il maglioncino, non riesco a dormire per le zanzare e per il caldo. Se ci fosse l'acqua mi farei una doccia.

Redentore

All'inizio doveva trattarsi di una celebrazione religiosa, Nuoro prima diocesi e poi città, col tempo si è trasformata in una kermesse folkloristica: Nuoro prima città e poi diocesi. Il fatto è che avvenimenti come il posizionamento di un monumento sul monte Ortobene erano un modo di dare dignità civile a una diocesi, ma anche il modo per definire un nuovo concetto di città. In pratica l'assunto forte e chiaro era che Nuoro non si poteva definire città se non entrava in un circuito culturale, religioso, politico, sociale. Quella statua, oggi centenaria, allora fanciulla, era tutto questo. Era il simbolo di un riconoscimento, ma anche una cambiale in bianco. Chi scuote la testa sentendone parlare perde una buona occasione per provare a riflettere.

Il Redentore è come la torre di Pisa o la torre degli Asinelli: è un simbolo collettivo, che lo vogliamo o no. E con i simboli bisogna conciliarsi o riconciliarsi, perché l'adesione a un simbolo è il passo verso una concezione comune, verso un punto di riferimento stabile che ha fatto grandi molte delle nostre città. Poteva capitarci di peggio, ci è capitato il Redentore, che è una statua senza lode né infamia dal punto di vista artistico, ma potente dal punto di vista metaforico: bronzo che vola, massa che si libra in aria. Credo che a noi nuoresi questo possa rappresentarci. È un simbolo che doveva essere soprattutto religioso, ma che sin dal principio non è riuscito ad esserlo, sulle spalle di quel Cristo, oltre alla croce, sono state posate istanze che di religioso avevano poco.

Non a caso durante i primi anni del novecento i festeggiamenti religiosi e quelli laici erano profondamente separati. Al monte si pregava, *in bidda* si esponevano prodotti locali in stand pomposamente chiamati «esposizioni» dai giornali dell'epoca. Il modello erano le grandi esposizioni moderniste internazionali. C'era il padiglione «alimentare» con dolci, vini e formaggi; c'era il padiglione «manifatturiero» con tappeti, ceramiche, ricami; c'era il padiglione «tecnico» con le ultime scoperte in fatto di aratura, potatura, mungitura, tosatura ecc. C'erano tanti sassaresi in giro «che sembrava di girare per quella città». Pensate all'impatto. Si stava costruendo una dignità civica. Nella

Sardegna dentro alla Sardegna, nella terra dei briganti, la Via Majore era illuminata come Piedigrotta, il sindaco dannunzieggiava nel discorso inaugurale, la lingua nazionale, quella dell'economia per intenderci, la faceva da padrona. Provinciali meravigliosi che si erano messi in testa di fare un salto di qualità. Intorno la gente continuava a essere quella che era, ad avere una lingua intima e una lingua pubblica, a ballare il valzer e il ballo tondo, a vestire in borghese e in costume.

Le gare poetiche erano incentrate sulla ferrovia o sul bastimento, sulle distanze che si accorciavano, sull'industria e sull'illuminazione pubblica. Al Monte si pregava, si intessevano leggende sul potere taumaturgico dell'alluce del Redentore, si spaventavano i bimbi con l'effetto ottico delle nuvole che scorrevano sul capo della statua finché lei non sembrava precipitare addosso a chi la guardava. Il resto è storia contemporanea, la sfilata e i balli in piazza sono il risultato di una politica posteriore e a tratti deteriore, a tratti onestamente nostalgica, a tratti occhiuta, l'espressione, cioè, di un concetto frainteso di identità, non più basato sulla sostanza, ma sulla superficie, il folklore, appunto. Quello furbo e stupido insieme, quello senz'anima. Che ad alcuni potrà piacere, a me no, non mi è mai piaciuto.

Indipendentismo

Da qualunque parte lo si guardi, storicamente e politicamente, l'indipendentismo in Sardegna è stato un movimento marginalissimo, quasi salottiero. E questo perché noi sardi siamo coscienti di far parte di una nazione e, forse, teniamo di più all'Italia di quanto l'Italia tenga a noi. A parte nei tre mesi estivi, beninteso.

Nel caso ve ne foste dimenticati, fra un indipendentismo e l'altro, noi le guerre per questa nazione le abbiamo fatte tutte, dalla Crimea al Kosovo. Se ve ne foste dimenticati, in Sardegna sono fioccati in abbondanza solo i caschi blu, le precettazioni dell'esercito, e le aree militari per le basi americane. I teoremi sono quel che sono, sono sostanzialmente slogan, che spostano i problemi senza affrontarli. Che lanciano messaggi pericolosissimi senza neanche rendersi conto di ciò che vanno a rimestare.

Sarebbe più semplice dire che al di là delle formule di rito, e delle sigle, il problema della Sardegna è perenne, sotterraneo, continuo. Lo sa bene chi ci vive tutti i giorni e, pur ignorando il senso stesso del termine anarco-insurrezionalista, sa bene cosa significa abitare in un territorio dove chiunque nasce o ha più di sedici anni è già un disoccupato. La realtà della Sardegna attuale è molto meno romantica di quanto un gruppo di infuocati, anarcoidi, possa far pensare.

Comunque si firmino, quelli che mettono le bombe sono semplicemente dei delinquenti, uguali a tutti i delinquenti di tutte le latitudini. È paradossale pensare che chi ha il compito istituzionale di fare distinzioni e, qualche volta *mea culpa*, decida di farsi schermo dietro a formule magiche e un po' esoteriche che non hanno alcun riscontro con la storia recente o passata di un territorio.

Purtroppo in tutta questa situazione l'unico dato certo, ora e sempre, in Sardegna e altrove, è che quando scade il dibattito, quando latita la politica, quando agli onesti viene messo un bavaglio, allora parlano i delinquenti. Quando alle soluzioni si sostituiscono gli spot, parlano le bombe. E il pericolo vero è che, di fronte a tanta inadeguatezza, la maggioranza degli onesti finisca per chiedersi se quelli che parlano con le bombe, anarco-insurrezionalisti o meno che siano, non abbiano ragione. Non hanno ragione, non avranno ragione mai.

Diaspora

Io so sulla mia pelle che esiste una forma intima di sardità resistente a qualunque spostamento. E so che questa resistenza dipende da fattori fuori di me. Io sono uno di quelli che hanno lasciato la Sardegna giurando di non volerci avere più niente a che fare e si sono ritrovati a capire, con la distanza e con gli anni, che quando si nasce lì non si può più andar via. Ho percorso tutte le fasi del sardo di fuori, quello della diaspora: rifiuto, mimesi, coscienza...

Del rifiuto si può dire che rappresenta una condizione quasi necessaria: se non trovi una ragione prima per fare il salto, quel salto non lo fai. E c'è una stagione nella vita in cui tutto deve venirti a noia. In particolare per l'intellettuale, le dimissioni da sardo sono una specie di atto dovuto, come la scoperta dell'acqua calda. Niente di più normale, quando la «modernità» è, apparentemente, a sette ore, minimo, di traghetto. Niente è meno rivoluzionario di questo sentimento. Niente è più infantile. In quest'apparenza di libertà, sta spesso l'espressione della propria limitatezza. E questo o si capisce subito, o non si capisce più.

Come Seneca dice a Lucilio: non è spostandosi che si risolvono i problemi. Un provinciale è un provinciale, sardo o meno che sia. Eppure ancora c'è chi confonde lo spostarsi col promuoversi, varcare il mare come un salto di qualità. Niente, dunque, di più rivoluzionario, ma niente di più scontato. Anzi perché sia rivoluzionario deve essere scontato e durare quanto dura la scintilla che accende un motore. Se dura di più vuol dire solamente che quel motore si è ingolfato. Se un intellettuale sardo si dimette da sardo a trent'anni è semplicemente arrivato in ritardo, e rischia di sfiorare il patetico. Non si può pretendere di sembrare «giovani» a oltranza.

Nella grammatica della diaspora la gioventù è come lo scatto dell'atleta, poi arriva la performance. Perché il sentimento della diaspora coincide innanzitutto col bisogno di essere accettati. Ma non coincide automaticamente col valore dell'altrove. Essere fuori non è un valore di per sé.

Le «dimissioni da sardo» hanno un valore in quanto causa, non in quanto effetto, e, soprattutto, hanno un valore a patto che a qualcuno interessi qualcosa di quelle dimissioni. Se nessuno se n'è accorto, hai semplicemente detto di aver compiuto un atto senza averlo compiuto di fatto. Paradossalmente il sardo della diaspora può non avere l'obbligo di spostarsi. Si contribuisce anche spostando il proprio punto di vista. Conosco molti sardi che, pur vivendo in Sardegna, di fatto non ci sono e molti altri che, pur abitando altrove, sono in Sardegna. Il rifiuto conduce alla mimesi, che è un Giano bifronte.

La prima forma è quella dell'adesione: a Roma faccio il romano, a Bologna il bolognese, a Milano il milanese. In nome di una modernità malintesa divento una sorta di uditore stupefatto. Ho fatto il salto, ho una genetica servile, mi trasformo.

La seconda forma è quella del folk: sono un *glocal* in divisa, scarponi, vellutino e berrettino a visiera. Magari sono un sardo di costa, magari non ho mai portato un paio di *cusinzos*, gli scarponi dei pastori, in vita mia, ma nella fattispecie lo faccio. Eccomi altrove apparecchiato da Sardo sardo.

Come Alfieri che si toglieva la parrucca per far vedere la rogna, così questa particolare forma di mimetismo consiste nel rappresentare una specialità di cui si è contestata la validità a tal punto da decidere di andarsene. In pratica mi trasformo in quello che affermo di rifiutare, che è comunque meglio dell'anonimato da cui provengo. Una diaspora da se stessi insomma, qualcosa che ha a che fare con la superficie del fenomeno senza scalfirne minimamente la sostanza. In questa sindrome bifronte, comunque si compie un atto di marketing e comunque si dà corso a una mimesi esterna o interna che sia. L'accettazione è la fase dell'autodeterminazione: dalla diaspora ho imparato che si rimane sardi perché non si può scegliere dove si nasce.

L'emozione era questa: leggere *Il tamburino sardo* a scuola. L'emozione di esistere, di esserci, di contare... Quella volpe di De Amicis... Lui sì che aveva occhio, e penna, per i massimi sistemi. Rileggo oggi *Il tamburino sardo*, quell'emozione infantile si è dissolta, ma resta il retrogusto di quel sentimento: quel racconto è una radiografia che mostra il nostro scheletro. Su quelle ossa si è sviluppata la carne della nostra, specifica, retorica. Poche pagine ed eccoci ufficialmente introdotti nella Storia d'Italia, già, ufficialmente, relegati in posizione ancillare. Servi muti ed eroi silenziosi, che poi è lo stesso... La faccia bianca dei sardi che, silenziosamente, si sacrificano, ma non in quanto eroi, semplicemente in quanto servi. L'eroismo è un corollario della parità. Tra pari si è eroi, gli inferiori possono al più essere eroi involontari. Quando il commosso capitano proclama l'«eroismo» del tamburino, quest'ultimo trasecola. Lui il sacrificio ce l'ha stampato nel cromosoma. L'eroismo consiste nel forzare la propria natura sino a conquistare un nuovo e vincente punto di vista. Ma l'eroismo involontario del tamburino lo fa semplicemente più servo. Così De Amicis codifica il nostro compito nel mansionario della nazione appena nata e scandisce la parola chiave: sacrificio. Quasi un'impronta digitale, come l'artisticità dei fiorentini, la guardinghità dei lombardi, la sanguignità dei romagnoli...

Questa sintesi, tuttora funzionante, è stata nutrita, sostanziata, dall'adesione piena. Noi lo sappiamo che quella è la tassa morale che dobbiamo pagare, la parte in commedia che dobbiamo da sempre recitare. Noi siamo gli esecutori e quasi mai i mandanti, la nostra Storia ci ha abbandonato da millenni, ora facciamo le pulizie nella Storia degli altri. Siamo tamburini, ma anche domestiche. Noi eravamo le badanti prima delle badanti, eravamo gli extracomunitari prima degli extracomunitari... E ora, febbricitanti, nel nostro lettino da campo trasecoliamo felici che ci abbiano permesso di esser scelti.

Invidia

La storia è quella del pastore a cui Dio chiede di esprimere un desiderio chiarendo che darà il doppio al suo confinante ed egli gli chiede: cavami un occhio.

La storia è quella della lotta continua sulle cubature per non subire lo scorno di avere la casa più piccola del vicino, e il cortile meno ampio, e la tavernetta meno attrezzata.

La storia è quella di non apparire tanto fessi da chiedere permessi e fare domande, ma superare tutti in disinvoltura, in amicizie che contano in posti al sole.

La storia è quella di sfruttare senza limiti la propria posizione di assistiti con tutti diritti e niente doveri.

La storia è quella di essere sempre anti qualcosa e mai pro.

La storia è quella di massacrarsi tra poveri perché si è troppo pusillanimi per invidiare il potente di turno.

La storia è quella di sgarrettare il gregge del nemico

perché sia costretto a uccidersi da solo le bestie agonizzanti.

La storia è quella di essere inflessibili col prossimo ed elastici con se stessi.

La storia è quella di mandare sempre avanti qualcun altro perché a noi scappa da ridere.

La storia è quella di minare tutto quello che funziona perché dimostrare che «si può» significa dimostrare che «si deve».

La storia è quella di ridimensionare; il mio peggior nemico mi vede per strada, mi abbraccia, dice di essere contento di rivedermi dopo tanto tempo, si informa sulla mia famiglia e poi mi chiede: «ma tu ancora scrivi?».

Giovinezza

Dall'alto dei suoi diciannove anni, Arthur Rimbaud sosteneva che compito degli intellettuali era quello di «essere assolutamente moderni». Affermazione che, artatamente isolata e presa alla lettera, è stata usata dai giovanilisti di sempre come giustificazione a molte, troppe, banalità. Come a dire che la discussione intorno al primato degli antichi e dei moderni possa concludersi e rinchiudersi nel semplice dato anagrafico. Così non è, infatti poco dopo Rimbaud stesso chiariva che «moderni» non significa «giovani», essendo la modernità una categoria dello spirito e la giovinezza una categoria del corpo. Se non bastasse questo bisognerebbe chiarire che i diciannove anni di

Rimbaud erano giovinezza per l'anagrafe, ma maturità per formazione... Un po' come è capitato anche a quel giovinastro di Mozart. Tutto il contrario di quanto succede oggi in Sardegna a certi intellettuali locali: sono adulti anagraficamente, superati i trent'anni si diventa adulti, ma sono infantili nella formazione. Leggono poco e male, procedono per luoghi comuni e non perdono occasione per dichiararsi «il nuovo». La modernità è una categoria antica. E una «novità» non è automaticamente moderna. Come sempre le cose non basta dichiararsele perché accadano. In pittura si era moderni dopo aver ricopiato i classici. Non c'è nulla di più vecchio che proclamarsi il nuovo. Ma anche di questo ci si renderebbe conto con qualche buona lettura.

Formattazione dello scrittore sardo

Gli scrittori in Sardegna non sono un caso a parte. È la Sardegna che è un caso a parte, gli scrittori semmai sono quanto di più omologato esista. Nel campo delle arti, come si sa, omologazione fa rima con provincialismo. In tutto il mondo questo processo avviene direttamente, ma non in Sardegna. In Sardegna omologazione e provincialismo sono inversamente proporzionali: quanto più fai il non omologato, tanto più sei provinciale. In questo periodo il mito corrente pare essere «sono un cane sciolto», come se la Sardegna non avesse, fino a oggi, un'esperienza vastissima di cani sciolti. Chiunque ha un minimo di conoscenza di questa terra da un punto di vista delle arti, della politica, dell'economia, della Storia, sa che l'istituzione del «cane sciolto» ha prodotto danni e ritardi incommensurabili. Ergo, lo scrittore «cane sciolto», nella sua illusoria autonomia, diventa semplicemente uno che vuol correre per conto suo esattamente come il politico o l'imprenditore di turno. Il che di per sé non è un male, anzi è assolutamente lecito, a patto che non si voglia dare a intendere che procedere da soli sia l'unico modo di procedere. Anzi, che sia endemico dello scrittore. Anzi, che sia obbligatorio per lo scrittore sardo. Perché allora sorge il dubbio che si faccia riferimento all'abusata, e ormai definitivamente liquidata, provinciale, appunto, figura di scrittore che nasce dal niente, come un fungo irrorato di rugiada e baciato dalla buona sorte. Chi lo scrittore lo fa, sa che il genere «cane sciolto» è fra gli scrittori che soffrono di più: gavetta lunghissima, frustrazione non sempre controllata. Lo scrittore «cane sciolto» è quello che considera il proprio mestiere a partire dagli altri e mai da se stesso, un'altra contraddizione: non si è mai abbastanza «cani sciolti» da non discutere continuamente di cifre, di dati di vendita, di recensioni, quando si raggiungono, ma si è troppo «cani sciolti» per farsi venire in mente, a domanda, il nome di un giovane collega meritevole. Si è troppo «cani sciolti» per avere un passato, ma non troppo per dichiarare, ed enfatizzare, solo il presente. Il futuro, fortunatamente, non ci appartiene. Il fatto è che, volenti o nolenti, che lo ammettiamo o meno, ci imbrattiamo il muso tutti dallo stesso trogolo. Il «cane sciolto» è soltanto un cane che mangia da solo, ma il paiolo è lo stesso. Il «cane sciolto» ha sofferto la fame, si è buttato nella mischia per spartirsi un osso, e quando non l'ha preso ha maledetto il padrone che tenendolo d'occhio ha detto, a lui come a tutti gli altri, «arrangiati, combatti», e ora che è diventato un cane *signorinu*, ha dimenticato che senza quell'«arrangiati» sarebbe stato un cane morto, senza nerbo, senza stile e senza una nuova, confortevole, famiglia. Il «cane sciolto» racconta la storia che vogliamo sentire: un inno della propria improbabile endemica solitudinosa solitudine. Ma sa che sarebbe lecito raccontare una storia più complessa, forse meno accattivante, forse più prosaica, ma più reale: dalla pubblicazione dal tipografo a proprie spese, all'emozione del primo libro stampato sotto contratto, al lavoro, non solo solitario, che lo ha condotto verso la casa editrice nazionale, considerando il termine «nazionale» come evidenza di traguardo, evidentemente, inconfessatamente, da sempre agognato. Il percorso di tutti, insomma, di tutti quelli che ce la fanno, beninteso. Lo stesso identico trogolo. Poi c'è chi preferisce selezionare, rifarsi una biografia più consona a esigenze di «buon selvaggio» o «troglodita di genio», e chi è semplicemente quello che è: perfettamente integrato, ma assolutamente autonomo. Sì, perché in Sardegna integrazione e autonomia non sono, paradossalmente, disgiunti, anzi sono una chiave per aprire una reale ipotesi di cambiamento: tanti scrittori autonomi, ma insieme, sono forti e fanno forte la loro terra. E pensate che per far questo non è necessario nemmeno amarsi vicendevolmente, sono previsti dibattiti e persino antipatie personali, basta amare un progetto superiore: per la Sardegna si sta insieme, assolutamente. I siciliani sono diventati grandi in questo modo, Bufalino prima di tutti. I «cani sciolti» sono esattamente quello che tutti si aspettano dagli scrittori sardi e non solo dagli scrittori: che sappiano di pecorino, che siano spicci nella forma, ma servili nella sostanza, che accontentino il padrone con sapori forti e obbedienza imperitura, che siano esotici quanto basta e, soprattutto, che dimentichino da dove sono venuti. Che regalino all'editore nazionale che li ha pubblicati belli fatti una nascita senza passare dal travaglio, di cui altri si sono occupati. Nessun cane mangia un altro cane tranne il cane sardo, l'ho scritto da qualche parte: datemi torto.

Deledda

Il dibattito critico, soprattutto in Sardegna, intorno all'opera di Grazia Deledda è ormai, da tempo, relegato a una sorta di esegesi periferica. La Deledda, tuttavia, è autrice di contenuto e sostanza: si può sviscerarne i recessi del «non detto», ma bisogna sempre fare i conti con quanto dice effettivamente. Si può, cioè, continuare a pretendere che sia la Deledda a procedere verso il critico oppure, come sarebbe auspicabile, si deve fare in modo che sia finalmente il critico a procedere verso la Deledda. Le eccezioni a questo sistema, direi quasi a questa presbiopia che ci fa vedere male, se non malissimo, da vicino, sono pochissime, sicché a tutt'oggi sappiamo tutto, o moltissimo, della periferia deleddiana, dalla cucina alle pulsioni erotiche adolescenziali, e, paradossalmente, sempre meno del centro, del nucleo, rappresentato dal corpus dei grandi romanzi. Che sono, appunto, contenuto e sostanza. E progetto. Per una precisa, e ampiamente studiata, «sindrome del figlio cadetto» noi sardi abbiamo «subìto» il Nobel alla Deledda come fosse stato indebitamente sottratto a una qualche vicenda culturale comunque più ampia, degna e rappresentativa della nostra. La sindrome ridimensionante dell'impatto deleddiano, così diffusa nonostante il presunto attuale rinascimento delle patrie lettere, dunque, ha come espressione principale la necessità di giustificazione. Questo è un processo che collega a filo doppio il fatto letterario con la coscienza di popolo e quindi, a ben guardare, potrebbe sembrare un segno di benessere di una società che non ha, per una volta, «dissipato i suoi poeti». Se non fosse, appunto, che la Deledda è stata sempre relegata, tranne rare eccezioni, a rappresentazioni «in levare», mai «in battere». Se si chiude la Deledda dentro all'ovile del folklorico; se la si relega al compito di mera rappresentante di una cultura altra, esotica e curiosa; se la si dilapida in quelli che George Steiner ha definito «queruli echi» di studi accademici di nessun conto e nessun peso; ebbene, si sta facendo molto di più che «dissiparla», la si sta, semplicemente, incontrovertibilmente, rimuovendo. E allora proviamo a partire proprio dal senso di «appropriazione indebita» che il peso internazionale della Deledda ci fa ancora subire. Partiamo, cioè, dal rapporto esistente tra quello che siamo e quello che ci piacerebbe essere. In questo senso la letteratura ha il compito sociale di proporre modelli, qualche volta di costruire specchi. Ecco: davanti allo specchio noi sardi facciamo le smorfie. Non c'è immagine, per quanto nitida sia, che riesca a rappresentarci degnamente. La Deledda è uno specchio nitidissimo. Possiamo distrarci con gli arzigogoli della cornice, ma non possiamo sottrarci al riflesso impietoso della sua scrittura. E già dire «scrittura» significa ammettere un problema, denunciare un colpevole. Perché, a stringere, il peccato vero della Deledda è stato «scrivere». È stato, cioè, contravvenire alla regola «non scritta» che governa una società orale come quella in cui è venuta al mondo *Grassiedda*: rendere permanente ciò che è immensamente modificabile, rendere apodittico l'ipotetico... In pratica fare il punto, mettere i remi in barca. Trasformare quelle smorfie davanti allo specchio in uno sguardo serissimo. Avere un progetto manzoniano: quello di fare la letteratura in Sardegna. Per quanto la si voglia rimuovere, Grazia Deledda ha selezionato, conservato e messo in opera patrimoni narrativi che sono soprattutto materiali della nostra coscienza collettiva. In una stagione di imitatori, lei ha proposto un modello interno, originale nel senso assoluto del termine, quindi decisamente radicale. Un modello onesto: la Deledda dimostra quanta distanza ci sia tra uno scrittore onesto e un onesto scrittore. E solo chi ne vuole ridimensionare l'importanza tende a favorire la seconda definizione contro la prima. Quando uno scrittore ha un progetto chiaro, un materiale narrativo per portarlo avanti, la scrittura per nobilitarlo, il peso specifico per imporlo, allora è uno scrittore onesto. Le conquiste della «racchietta nuorese» che si era convinta di poter essere scrittrice ci sembrano, oggi, roba da poco, come da poco, a studenti distratti e insegnanti superficiali, sembra la conquista di una lingua letteraria. Eppure senza un referente non c'è nemmeno la possibilità di un rifiuto. Tutti quelli che storcono il naso per la vecchia Deledda o per l'obsoleto Manzoni, possono farlo perché loro ci sono stati. La Deledda ha prodotto il modello di romanzo in Sardegna.

Quei panni che Don Lisander aveva lavato in Arno per tutti gli italiani dopo di lui, la Deledda li ha lavati a Istiritta per tutti i sardi, e non solo, dopo di lei. Questo è un fatto. Accademici accorti vi diranno che molto c'è stato prima di *Grassiedda* e certo non si può dargli torto, segnali di chirografia hanno prodotto nella Sardegna spagnola del Settecento persino poemetti sull'allevamento dei bachi da seta, ma senza un reale impatto nella scrittura successiva. Gareggiare ad anticipare la data di nascita di una letteratura scritta con campioni di questo tipo è destinato a rappresentare un mero esercizio accademico, seppur degnissimo. Nella catena della letteratura ci sono gli operai e gli architetti, ora è lecito parteggiare per gli operai, ma non si possono ignorare gli architetti. Certo il processo verso una scrittura letteraria in Sardegna è stato un processo graduale, ma dalla Deledda in poi il processo si è trasformato in modello. Da azione *in fieri* a dato di fatto. Lo studioso locale, l'accademico di provincia, non ama dover subire la primogenitura di un format tanto efficace. Nella Sardegna delle Sardegne ogni Accademia vuole il suo primato. Eppure, nonostante i bachi da seta, il primato della forma romanzo, modernamente intesa, resta a Nuoro. Per fatti, per importanza. Per contenuto e sostanza.

E allora tutto dipende da quel pretendere dei critici che sia la Deledda ad andare verso di loro e non che siano loro, come dev'essere, ad andare verso la Deledda. I lettori nel mondo hanno da tempo risolto questo paradosso, noi sardi ancora subiamo quasi con fastidio un patrimonio letterario, e conseguente lascito, immensi. Questo fastidio è il sintomo di un destino ormai endemizzato di servitù. Destino di servitù che, a tutti i livelli, quello falsamente identitario delle accademie locali non ultimo, ha prodotto e favorito un comodo «sguardo colonizzato». Dichiarare che la Deledda ha usurpato un Nobel che sarebbe andato più degnamente ad altri, per esempio, significa ridurre la portata non tanto della Deledda come scrittrice quanto la portata di noi sardi come popolo, perché la Deledda e i sardi, nel mondo, sono inseparabili. E perché l'idea di Sardegna con cui dobbiamo fare i conti è quella sintetizzata e costruita progettualmente dalla Deledda. Prima di lei lo sguardo era eteronomo. Enrico Costa, per esempio. Scrittore talentuoso, ma con un impeto «turistico» decisamente superiore all'impegno stilistico. Costa è un promotore locale, un cicerone, un turista in casa sua. Si pone il problema del tempo, ma risolve quello dello spazio: la Barbagia di rocce e querce; la Gallura di stazzi e macchia; il Sinis di paludi e giunchi. Fine. Le vite brevi o lunghe di banditi feroci sono ricacciate nello sfondo con la freddezza di un baedeker, troppo impegnato a penetrare il mistero della curiosità antropologica. Digressioni, usi e costumi. Tutto l'apparato di chi ha deciso di «raccontare ad altri». Un percorso di sola andata dalla Sardegna al Continente. Come un prodotto addomesticato costruito per l'esportazione. Quando la Deledda si affaccia sulla scena letteraria, lo fa convinta di dover essere scrittrice, incapace di fare considerazioni turistiche, al contrario di Costa, gioca la carta del «locale». Mentre Costa continentalizza la Sardegna, la Deledda decide di sardizzare il Continente. Mentre Costa la imbelletta per gli altri, la Deledda la mette di fronte a se stessa. I vezzeggiativi di Costa – casetta, finestrella, paesino, laghetto – spariscono totalmente dal linguaggio deleddiano. A *Grassiedda* quei vezzeggiativi sembrano diminutivi. E quando si progetta di fondare un modello non bisogna volare basso. È *barbiricina* e *barrosa*. Nel 1926 il Nobel alla Deledda è un Nobel ai Sardi, che prima, semplicemente, non esistevano. Questo non vuol dire che non ci fossimo, ma se non si tiene conto dell'impatto globale che questo premio ha comportato non si capisce il peso del modello deleddiano. Il successo di pubblico, le traduzioni, il Nobel producono nel mondo l'esplosione, la moltiplicazione, di un'idea di Sardegna. Ma dove l'impatto è terribile è all'interno stesso dell'isola. In quel momento preciso si ha la coscienza che il modello di «riappropriazione» della Deledda è diventato un progetto manzoniano di riferimento. Ai sardi diventa chiaro che la Sardegna letteraria è diventata più piccola della Sardegna geografica. C'è la Sardegna-Sardegna, il resto è abitato da turisti, sardi senza pedigree.

Allora è da qui che si ricomincia: dall'idea di Sardegna-Sardegna che ha prodotto sardi doc e sardi così così. Dall'imbellettarsi per gli altri all'imbellettarsi per se stessi: Enrico Costa uscito dalla porta rientra dalla finestra, perché se la discussione verte sul valore intrinseco della scrittura della Deledda, sul modello che lei ha imposto non c'è stato dibattito. E quindi al turista continentale si è aggiunto, letterariamente e antropologicamente parlando, il turista sardo, dove per sardo si specifichi «sardo e basta», molto diverso, molto meno verace del «sardo-sardo». La Deledda, dunque, ha prodotto un sistema di comunicazione che vale per l'esterno e per l'interno. Ha convinto tutti, ma ufficialmente, non piace a nessuno. Ha prodotto un modello letterario a cui nessuno dopo di lei, senza eccezioni, ha potuto sottrarsi. Senza eccezioni. Perché persino chi si gloria di non averla letta, ma si picca di essere scrittore, ed essere scrittore in Sardegna, l'ha in qualche modo desunta da altri che l'avevano letta bene. Giuseppe Dessì, Gavino Ledda, Sergio Atzeni, sono autori agli antipodi che con la Deledda francamente hanno fatto i conti, ne hanno accolto la specialità di scrittura dall'interno, perché, pur nelle reciproche enormi differenze, sono stati costretti a partire da almeno due specificità primarie: la base antropologica e la geografia fantastica. Anche se il dato comune, a prescindere, sta proprio nel processo di deleddizzazione che è insito nella stessa decisione di fare romanzo in Sardegna. Dessì, che pure notoriamente si era accreditato come autore «continentale», che significava grande chef sardo di cucina internazionale, ancora nel 1961 nel *Disertore* non può prescindere dalla lezione deleddiana e lo ammette. Ma più recentemente ancora *Padre padrone* poggia solidamente le sue basi sul sostrato antropologizzato costruito, e reso terreno letterario, dalla scrittrice nuorese. E Atzeni, per via diretta o attraverso Francesco Masala, in pieni anni novanta, nel *Figlio di Bakunìn* riprende, quasi anastaticamente, la tendenza della Deledda a costruire Storie attraverso le Geografie, ma soprattutto a costruire protagonisti invisibili, ma sostanziati, resi corporei, dalla pasta della «diceria». Persino Salvatore Satta, a torto, retoricamente, ritenuto l'anti-Deledda, per mutuare la «grande madre», nell'immenso *Giorno del giudizio*, ha dovuto invitare la sua dirimpettaia ad accomodarsi sul lettino dello psicanalista.

Ma anche l'ultima generazione di autori sardi ha trovato linfa vitale nel sistema romanzo messo a punto nella casa di San Pietro: in quella sua particolarissima commistione di realismo antropologico, verismo, e persino di letteratura di genere; in quella sua particolare lingua locale in salsa accademica, quasi un dialetto nel senso etimologico del termine, prodotto della mescolanza tra alto e basso, tra lingua identitaria e lingua di comunicazione; in quella sua tendenza a costruire «macondi», luoghi che ricalcano i luoghi senza l'obbligo della precisione topografica. Per questo Fraus, Arasolé, Oropische, Abinei, Nulla, Nuraiò, non sono solo luoghi, sono suoni di luoghi immensamente locali e immensamente universali. Sono anch'essi brevetti della Deledda.

L'edera, dunque. Come paradigma e come vademecum.

Innanzitutto il titolo, che è una metafora, ma anche una dichiarazione d'intenti: prolusione del narratore, ma anche colleganza con la tradizione della prosa europea. Quasi quello che Henry Fielding in testa al *Tom Jones* chiamava rifiutare il concetto di narratore padrone per abbracciare quello di narratore servo. Da sempre, chi narra, nell'esercizio del «e poi», scende dal trono del letterato per elevarsi al livello del cantastorie. Il che significa fare un contratto col padrone lettore. Per la Deledda quel contratto sta nel titolo: *L'edera*, la storia di un attaccamento totale, semplicemente.

L'edera, dunque: c'è una donna innamorata da sempre; e poi c'è un uomo disperato; e poi c'è un vecchio avaro; e poi c'è un patrimonio conteso. Ma sopra ogni cosa c'è una promessa e un tempo irredimibile. Questo è quanto c'è.

Ma *L'edera* comincia con una sparizione. Anzi con due: la prima è la scomparsa del figlio adolescente di Santus, pastore, «se n'è andato in giro per il mondo», tanto per chiarire che fuori dalle storie c'è il mondo; la seconda è la scomparsa della gloria dei Decherchi come *conditio sine qua non*: senza questa contingenza, infatti, non ci sarebbe motivo di raccontare la storia. Se per caso ci venisse la tentazione di definire queste condizioni di base ovvietà, si tratta di ovvietà apparenti perché sono le basi su cui si sviluppa non solo *L'edera*, ma l'intero sistema deleddiano.

La Barbagia alla fine dell'ottocento rappresenta per la Sardegna il fulcro di una contraddizione che, sul piano intellettuale, innesca un involontario circolo virtuoso. Quello che è stato definito un provincialismo illuminato, frutto di radicamento e, contemporaneamente, disposizione verso l'esterno. Gli antropologi parlerebbero di «arretratezza positiva». La Deledda in questa rappresentazione fa la parte di colei che inghiotte e metabolizza la letteratura senza il filtro della cosiddetta civiltà delle lettere. Legge tutto *Grassiedda*, vorace come una termite. Poi scrive, non ha un modello, o meglio ne ha tanti, troppi. Ma ha storie da raccontare, molte di queste le ha sentite e risentite davanti al focolare. Capisce qualcosa che gli scrittori sardi prima di lei non avevano capito: non c'è motivo di giustificare la propria presenza nel mondo; e poi capisce che il cortile di casa è l'unica possibilità che ha per diventare una scrittrice universale. Ha letto di servi della gleba nella steppa, ha letto di cucitrici tisiche a Parigi, ha letto di pescatori siciliani, di pastori provenzali, di trovatelle nella campagna inglese, di fantasmi scozzesi, di toreri spagnoli. Ha letto e pianto, ha capito che sotto alle storie c'è quello che da sempre ci raccontiamo e che un luogo non è nient'altro che un nuovo vestito, ma che, sotto di esso, vive, pulsante, il corpo, l'anatomia, del racconto. Quello che ne viene fuori è un prodotto assolutamente particolare, persino venato di esotismo, ma, allo stesso tempo, assolutamente innestato con l'elaborazione della prosa a lei contemporanea.

Così già nell'incipit dell'*Edera* gli elementi fondamentali dell'impianto deleddiano ci sono tutti. Nessuna presentazione, nessuna giustificazione, la storia inizia *in medias res*, dal cortile di casa, appunto. Sabato, vigilia della festa di San Basilio. Un posto del mondo: Barunei, che nella Sardegna fisica sarebbe Baunei, nella Sardegna politica sarebbe il distretto elettorale dell'Ogliastra, ma nella Sardegna letteraria è solo un posto al centro di una storia dove quella R che separa la realtà dalla finzione è la chiave che apre il cortile dei Decherchi al mondo.

È vigilia di festa, dunque; come il Sabato del Villaggio di lontano arrivano le note di una hit del tempo, è *Va' pensiero* di Giuseppe Verdi. E questo è quanto dobbiamo sapere: c'è l'edera, che è pianta ma anche immagine, figura dell'attaccamento cieco; e poi? C'è la magia dello spazio fantastico ma non l'estraniazione del luogo fantasmico; e poi? C'è la scoperta progressiva di Annesa attraverso i padroni di casa Don Simone ottuagenario e Donna Rachele, come se i vecchi Decherchi invitandoci a mangiare trote fritte a casa loro ci conducessero al cospetto di quella che è serva nella vita, ma è anche regina del racconto; e poi? C'è Paulu, l'oggetto del desiderio, coraggioso e vigliacco, ma di lui, per ora, si parla soltanto, ne parla il vecchio padre, ne parla la madre, ne parla la figlioletta, in una sorta di evocazione testimoniale che deve prepararne l'epifania; e poi? C'è il vecchio Zua angelo e diavolo, vecchio e bambino, complesso e primordiale.

Ecco la Deledda e i suoi massimi sistemi.

Ecco l'impianto, il terreno su cui l'edera deve crescere.

La vicenda procede per silenzi, come nel più classico dei sistemi a scatole cinesi. Annesa e Paulu avanzano l'uno verso l'altra, ma percorrendo due strade diametralmente opposte: lui, Paulu, quasi una forma evoluta di rustico mitteleuropeo, mettendo in gioco la sua stessa vita, dubitando sempre, attraversando la Storia come un rio di campagna scrosciante nella stagione delle piogge e dimesso, solo un filo, durante la stagione secca; lei, Annesa, una versione incupita dell'eroina classica, una Medea senza prole, fonte carsica, che sempre rimugina, che sempre dialoga con l'altra sé.

Ma se Paulu è un eroe moderno, quindi antieroe, è, allo stesso tempo, rappresentante di una genetica locale, primordiale, direi quasi specifica di maschio barbaricino. Di maschio allevato da femmine e circondato da femmine che esercitano dimesse la loro autorità assoluta. E tuttavia nel gioco di tensioni che devono mettere in crisi un personaggio ben scritto, Paulu ci arriva stemperato da qualunque sapore «locale». Rappresenta, cioè, quella nuova forma di individuo «fra due mondi» che la certezza dell'altrove, la coscienza, anche politica, di far parte di una nazione più ampia stava creando nella Sardegna interna agli albori del novecento. Paulu rappresenta una promozione agognata, indossa «abiti civili», ha conoscenza del mondo. La Deledda fa agire il suo personaggio in questa doppiezza, in questo suo essere assolutamente «autoctono» e assolutamente «forestiero», primordiale e moderno. Paulu è un personaggio in transito: padre e figlio di Don Sebastiano Sanna Carboni. Perché Salvatore Satta è dovuto partire dal paradigma per declinare il verbo. Paulu, che è un'evoluzione di Don Sebastiano, quindi figlio anagrafico, è il suo padre letterario. Sarebbe a dire che attraverso Paulu come reazione Satta ha potuto elaborare, quasi due lustri dopo, Don Sebastiano come causa.

E Annesa? È una *dark lady*. E non sarebbe illecito considerarla tale. Anche Lady Macbeth lo è stata, ma fra la Sardegna della Deledda e la Scozia shakespeariana c'è di mezzo Dostoevskij. Annesa commissiona a se stessa l'atto criminoso. Non si nasconde dietro le spalle larghe del suo uomo. Annesa e Annesa lottano costantemente per rimettere a posto un mondo ribaltato. La Deledda a questo punto potrebbe optare per l'eroina positiva e invece sceglie la strada dell'autenticità. Il bozzetto arcadico delinquenziale, l'assetto bidimensionale, messo a punto da Enrico Costa, qui frana definitivamente: Annesa non può evitare di seguire il suo destino, semplicemente, realisticamente. E il suo destino è un destino di assassina.

Grazia Deledda inaugura in Sardegna la stagione del personaggio problematico, ma, soprattutto, inaugura la stagione del personaggio problematico che permette allo scrittore di rappresentarlo. È la concessione di questa autorizzazione il livello da cui non si può più tornare indietro. Il punto di non ritorno. Questa precisa caratteristica, cioè, di partire dalla specificità genetico-antropologica del personaggio, per dipanare il bandolo di una storia mai lineare, diventa, per tutta l'elaborazione futura, anche in Sardegna, lo spartiacque tra un autore – uno scrittore – e un erudito locale: uno che scrive. Perché è solo attraverso questo rispetto per la specificità «locale», solo attraverso questo continuo dissidio fra mondo del narratore, che è quello reale, e mondo del personaggio, che è «scimmia del reale», può avvenire il miracolo di raccontare... Per lettori a tutte le latitudini.

Ma ancora si combatte con lo sguardo colonizzato e ancora facciamo smorfie davanti allo specchio, allo spettatore asservito *L'orgoglio degli Amberson* sembra una straordinaria saga familiare, *L'edera* invece il romanzetto di una scrittrice a cui hanno regalato un Nobel.

Avere elaborato e imposto un'idea di Sardegna, aver inchiodato uno specchio infrangibile davanti alla nostra faccia, è quanto ancora non si riesce a perdonare alla Deledda. Anche se lei del nostro perdono non ne ha bisogno.

Satta

Il giorno del giudizio di Salvatore Satta uscì, ripubblicato da Adelphi, nel 1979. Avevo diciannove anni ed ero in un momento estremamente delicato della mia vita. A parte i problemi sentimentali su cui sorvolo, il momento estremamente delicato consisteva nel fatto che un anno prima, finito il liceo classico, come previsto da un progetto familiare che risaliva alle scuole elementari, mi ero iscritto alla facoltà di Medicina. Ora il problema era che, nonostante un anno di frequenza e quattro esami fatti, io non volevo fare il medico. Disattendere le aspettative dei propri genitori è quanto di più normale esista, un dato che potrei definire biologico, una specie di prova del fuoco. Ma io non sono stato un figlio problematico, uno di quelli da cui ci si potesse aspettare un'alzata di testa. Per tutto l'anno avevo provato a convincermi che forse non c'era niente di male a fare il medico. Tuttavia, per quanto provassi, mi era sempre più chiaro che mi stavo infilando in una strada senza uscita. La mattina in cui avrei dovuto sostenere il colloquio di anatomia bighellonai a lungo. Mi ero alzato prestissimo ed ero piuttosto angosciato: studiare chimica, fisica, istologia, biologia, e sostenerne gli esami, mi era sembrato un modo per arricchire le mie conoscenze in senso lato, non proprio l'anticamera dell'attività medica, ma affrontare il colloquio di anatomia cambiava le cose, significava smettere di ingannarsi. Significava entrare nel vivo della questione. E magari fare una scelta definitiva. Il colloquio andò bene. Allora, per fortuna mia, i cellulari non erano alla portata di tutti, così potei prendere un pomeriggio di tempo prima di telefonare a casa. Quel pomeriggio lo passai in giro per Sassari, a ragionare passeggiando. Walserianamente parlando quella passeggiata fu una specie di percorso interiore, uno spazio all'interno del quale si poteva tentare di parlarsi senza reticenze. Quello che volevo fare veramente non lo sapevo, o meglio lo immaginavo, ma era talmente assurdo, talmente fuori dalla mia portata, talmente incredibile che non osavo, non solo dirmelo, ma nemmeno pensarlo. Il fatto è che io non avevo la minima idea di cosa significasse fare lo scrittore. Sapevo che dentro di me c'era la scrittura, solo questo. Forse era poco, forse era già troppo, questo non sono mai riuscito a capirlo. Comunque quel colloquio di anatomia mi spinse sino al bordo di un baratro, che a vederlo oggi mi pare poco più consistente di un gradino, ma che allora mi parve senza fondo. Fare lo scrittore non è nemmeno un mestiere e dal punto di vista di mio padre, un saggio calvinista barbaricino che capiva solo quanto poteva quantificare esattamente e solo quanto fosse frutto di uno sforzo quotidiano e indefesso, sarebbe stato un delitto di lesa maestà abbandonare una carriera sicura, consolidata dalla casta medica della famiglia, per un'attività che non è nemmeno un mestiere. Non avevo paura di mio padre, non era nemmeno lontanamente parente del padre di Gavino Ledda, non vorrei fraintendimenti da questo punto di vista. Avevo paura di me stesso. Fino ad allora ero stato un lettore, onnivoro e incontinente: non sapevo quanto mi sarebbe costato, e non parlo in termini economici, passare dall'altro lato della barricata, dal consumatore al produttore, per intenderci. Avevo tentato brevi racconti e mi ero anche detto, mentendo, che li scrivevo per me solo. Giusto per buttare su carta sensazioni e stati d'animo. Così, nel novembre del 1979, mi trovai a vagare per Sassari, inasprito dai dubbi, ma eccitato dalle possibilità che mi si aprivano. Prendere in carico la propria esistenza è un atto tutt'altro che eroico, significa abbandonare l'infanzia ed essere disposti a mettersi in gioco sapendo quanto si rischia. O rischiando comunque, accada quel che accada. Del *Giorno del giudizio*, esposto nella vetrina di una libreria sassarese, mi attirò la copertina gialla. Ne avevo sentito parlare qualche anno prima a Nuoro, quando uscì pubblicato da Cedam e fu fonte di un piccolo scandalo locale a proposito di presunte rivelazioni che Satta, nel suo romanzo, aveva fatto sulle famiglie di maggiorenti nuoresi. Da noi quel romanzo era stato liquidato come lo sfogo acido e indebito di un traditore della patria. Io non l'avevo letto. Ero convinto che si trattasse di qualcosa di talmente risibile e provinciale che non valesse la pena di perderci tempo. Evidentemente, nonostante le mie letture, sulla letteratura avevo, e ancora ho, molto da imparare. Poi Adelphi lo ripubblicò e io allora ero abbastanza provinciale da pensare che se una casa editrice di prestigio decideva di pubblicare un libro come quello evidentemente qualcosa di buono in quel libro doveva esserci. Nel tempo mi sono dovuto ricredere due volte, la prima sul fatto che quello che io ritenevo scioccamente un librino era in realtà un romanzo magnifico; la seconda, apparentemente contraddittoria, sul fatto che l'equazione casa editrice qualità del libro non è quasi mai valida, dal momento che il testo pubblicato da Cedam non era diverso da quello pubblicato da Adelphi. In entrambi i casi il provinciale, nel senso deleterio del termine, ero io. Nel corso degli anni ho sempre tenuto conto di quella specie di rivelazione, da scrittore ho vissuto l'esperienza dell'editoria di nicchia con grande tranquillità, mi ha insegnato molto e mi ha dato più di quanto io sia stato in grado di darle. Da scrittore ho capito che il valore di un editore dipende dal grado di autonomia che riesce ad esprimere. Il dato economico arriva dopo, la visibilità anche. Ho anche imparato a pretendere lettori curiosi, che volessero partecipare alle mie storie piuttosto che stare relegati al ruolo di spettatori. Davanti alla vetrina di una libreria si possono capire un sacco di cose, nel suo interno ancora di più. Si può capire, per esempio, che accontentarsi dei banconi delle novità è come fare le vacanze nei villaggi turistici, che sono tutti uguali da qualunque parte del mondo si trovino; si può capire che il cuore delle librerie è nell'insieme degli universi che le abitano; si può scoprire che il potere di un lettore è quello di scoprire un libro magnifico relegato in uno scaffale arretratissimo e farlo leggere agli amici, ai colleghi, alle persone care. Poi arriva il mercato editoriale.

Sempre dopo il lettore. Se quest'ultimo abdica a questa funzione, la letteratura muore, il libro diventa solo merce. Io ci entrai in quella libreria e comprai il libro giallo col *Carro fantasma* di Dalì in copertina. Da credente della scrittura lo sfogliai a caso appena fuori dalla libreria. E lessi qualcosa che mi distrusse: *Un vasto silenzio occupò la povera stanza, e il morto non era il più silenzioso di tutti.* Richiusi il libro, poi presi un blocco di appunti e una penna e, seduto su una panchina dei giardini pubblici, riscrissi quella frase. La riscrissi tre o quattro volte per vedere che effetto faceva tecnicamente raccontare in pochissime parole un concetto per me così magnificamente familiare, anche se inconsciamente. L'idea, cioè, che la letteratura, quando è tale, non prevede la morte. L'idea che la scrittura ha insita in sé la possibilità di permanere. Una possibilità che non si dovrebbe sprecare. Quel morto che parlava, che era meno silenzioso dei vivi, mi apparve come la risposta a quello che stavo cercando. All'entusiasmo per la scoperta seguì la depressione dell'impotenza. La certezza che non sarei mai stato all'altezza. Guardarsi in uno specchio così nitido può fare molto male. A me fece malissimo, da una parte avevo *Il giorno del giudizio* e dall'altra il libretto universitario. Un futuro garantito o un futuro incerto? Non stetti a pensarci più di tanto, avevo pochissimo tempo prima della chiusura della segreteria di Medicina. Così feci una corsa e arrivai in tempo. Davanti all'impiegato feci una delle domande più importanti della mia vita: esiste un modulo per rinunciare agli studi di Medicina? L'impiegato mi disse di sì senza molta sorpresa, mi chiese di consegnare il libretto e mi diede un dattiloscritto da compilare. Mentre svolgevo quest'operazione, lui che sfogliava il mio libretto universitario mi chiese per quale motivo avessi deciso di rinunciare, avevo sostenuto tutti gli esami del primo anno con buoni risultati. Risposi che l'unica cosa che sapevo in quel momento era che non avrei mai potuto fare il medico. Ed era la verità. Ma la verità vera era che volevo fare lo scrittore. Il romanzo di Satta lo lessi d'un fiato in pullman tornando a casa. È la storia di un posto abitato da viventi silenziosi e morti urlanti. È un omaggio alla memoria attiva contro la passività della rassegnazione. È un romanzo che diventa più giovane ogni anno che passa, che nasce e rinasce. Che si annoda in un localismo talmente impudico da risultare assolutamente universale. Il cortile, la strada sotto casa, il cimitero di paese, la scuola elementare. La mia casa, il mio cortile, i miei estinti, ma, proprio per questo, quelli di tutti. Una lezione difficile da dimenticare, che pesa come un macigno. La faccia freudiana della Deledda. Su quel pullman ho sperimentato la paura di quello che ero, ho percepito che, se volevo concludere qualcosa, dovevo abbandonare la servile certezza di non poter partire dalla mia identità, che allora mi pareva limitata e inconsistente, e, soprattutto, dire definitivamente addio all'appagante imitazione di modelli consolidati, ma altrui. Insomma, dovevo superare la vergogna di me stesso e quel pudore che spesso nasconde la brutta presunzione che la scrittura sia altro da sé e che il lettore sia un beota che si accontenta. Forse esisteva un'altra presunzione, positiva questa volta: quella di considerarsi portatore di un sentimento talmente intimo, talmente sincero, talmente... onesto che rischiava di diventare un sentimento condiviso a tutte le latitudini. Quando arrivai a casa imbruniva, mio padre venne a prendermi alla stazione dei pullman, prima che fossi salito in macchina mi chiese come era andato il colloquio di anatomia. Disse che a casa aveva atteso invano una mia telefonata. Risposi che era andato tutto bene, poi gli dissi che avevo rinunciato agli studi di Medicina e che l'avevo fatto in modo definitivo. Mi rispose che se lo aspettava, poi mise in moto. Sono passati una ventina d'anni, scrittore, alla fine, lo sono diventato, con la giusta fatica. Anni fa mio padre è morto. Ha fatto in tempo a vedere qualche risultato nella mia carriera letteraria, che tuttavia continuava a sembrargli insufficiente per garantirmi un futuro, non riusciva a capacitarsi che qualcuno potesse decidere di sopravvivere, e nutrire i suoi figli, facendo lo scrittore. Infatti, nel vasto silenzio della povera stanza dove era stato ricomposto, mio padre, che non era affatto silenzioso, continuava a chiedermi: va bene fare lo scrittore, ma per campare che lavoro fai?

Fiori

Giugno caldissimo quello del 2002 a Roma. In via Giulia si inaugura il nuovo Punto Einaudi. Il responsabile è un giovane molto entusiasta, uno di quelli che al suo lavoro ci crede. Quando ricevo l'invito a partecipare «all'evento» sono un po' titubante, non mi piace la mondanità, specialmente quella letteraria, e quel pomeriggio si prospettava come una specie di kermesse del catalogo Einaudi a Roma. Così provo a telefonare per dire che sono spiacente, ma che, per motivi che ora non ricordo più, non credo di poterci essere. Il responsabile del Punto Einaudi non ascolta ragioni, dice che ci saranno tutti, che non posso mancare eccetera... La cosa non mi incoraggia affatto finché dal cilindro dell'astuto responsabile non viene fuori che nel corso della serata c'è una sorpresa per me. Chi avrebbe resistito? Io no. Ci vado e tutto parte come avevo temuto: mare di folla, difficoltà di comunicazione, lotte per il buffet, smancerie varie. Decido di andar via, il mio atto di presenza l'ho fatto, ho già dato, insomma. La «sorpresa» evidentemente era un trucco. Sono all'uscita quando il responsabile mi intercetta, mi chiede dove sto andando, e, alla mia risposta, mi dice che non se ne parla nemmeno, che c'è qualcuno che vuole incontrarmi, dice che è venuto apposta, dice che è arrivato. Mi accompagnano in un punto appartato all'ombra su via Giulia, che è diventata una sorta di prolungamento dei locali interni strabocchevoli di folla. Lì, al fresco, è seduto Peppino Fiori. È lui la sorpresa per me. È malato, ha lo sguardo concentrato di chi sta radunando le forze. Ci presentano, comincio a sentirmi come uno scolaro che stia affrontando un esame. Perché Peppino Fiori è un monumento. Mi guarda, si aspettava che fossi più vecchio e più alto, mi indica una sedia vuota affianco a lui. «Volevo conoscerla prima di andarmene» dice. Nonostante l'aspetto sfinito ha una voce tonante, quella stessa che ricordavo da ragazzo quando commentava i fatti del giorno al Tg2. Sono talmente emozionato che non so proprio cosa rispondere. «Tutti noi dovremmo conoscerci di più» insiste, «io per primo forse me ne sono rimasto troppo per conto mio». Provo a dire che uno scrittore ha solo il dovere di comunicare con quello che scrive, che sono onorato dal suo interessamento. Guarda avanti a sé con le mani incrociate fra le gambe, come l'avevo visto nello splendido ritratto che Salvatore Ligios gli ha fatto nel 1997. Il nostro è un discorso che si nutre di silenzi lunghissimi, tutto quello che abbiamo da dirci ci viene fuori con gli sguardi. Di tanto in tanto qualcuno si avvicina a salutarlo, si rallegra di vederlo, gli domanda della sua salute. Lui risponde con una cortesia un po' piccata e sempre mi presenta al suo interlocutore. Dobbiamo fare una bella coppia, il monumento e l'apprendista, due che consumano il loro unico incontro a guardare un glicine rampicante che deborda da un muro di cinta. Eppure ci sono tante cose che vorrei dirgli, ma ho l'impressione che lui sappia già tutto. Infatti mi sorride, poi mi dice che non sono costretto a star lì, che sicuramente ho di meglio da fare. Invece no, non ho niente di meglio da fare, quell'incontro voglio godermelo fino in fondo, tanto più che in quel punto spira un'arietta piacevolissima. All'improvviso mi chiede che cosa sto scrivendo, gli dico che sono quasi alla fine del terzo *Bustianu*, non oso fare a lui la stessa domanda, ho paura che la senta come un'ingerenza e non riesco a liberarmi da un sentimento di grande soggezione. Lui lo capisce, mi chiede della mia vita: da quanti anni scrivo, dove abito esattamente, quanti figli ho. Poi, a un tratto, mi dice che sta cercando di lavorare al suo libro migliore: quello che non riuscirà a finire. E lo dice con una semplicità che fa spavento. Gli dico che i suoi libri li ho letti tutti e che ho un debito inestinguibile con lui. «Quale debito?» commenta, «Da cosa nasce cosa».

Da cosa nasce cosa: dalla scrittura di Peppino Fiori nasce l'idea di un'isola che non è periferia, questo è quello che ho imparato da lui. Quando glielo dico fa spallucce, «basta volersi bene» mi risponde e dal tono si capisce che non fa riferimento ai banali rapporti interpersonali, ma a un bene più complesso, quello che dobbiamo alla nostra origine. A quell'atteggiamento, cioè, che ci fa portatori sani di una sardità ricca, in contatto col mondo. Perché descrivere gli apici di questo atteggiamento, la *Vita* di Gramsci, quella di Lussu, come ha saputo fare Peppino Fiori, può significare accrescere un amor proprio critico. Tutto il contrario di quanto capita attualmente in Sardegna. E allora, paradossalmente, l'unico modo per essere sardi, per essere scrittori sardi, ora e sempre, è quello di essere «antisardi». A questa mia uscita fa uno sbuffo: «Queste sono cose da nuoresi» mi fulmina, «ho scritto solo quello che andava scritto: il problema non è essere scrittori in Sardegna, il problema è essere scrittori e basta». Scrittori e basta, come fosse facile. Per lui è stato facile, quando si ha il dono della scrittura come lui ce l'aveva tutto diventa straordinariamente facile. Per altri è fatica. Arrivederci Peppino e, ancora, grazie.

I sardi non amano i propri scrittori. Sanamente io credo. Quando si è nati in una terra abbastanza piccola da riuscire a percepire da ogni suo punto il mare che respira, si capisce che i silenzi sono più importanti delle parole. Così lo scrittore sardo nasce e cresce con una sorta di complesso di inutilità: che senso ha raccontare qualcosa se le parole non bastano, o, peggio, non servono? Questo è quello che io intravedo all'origine dell'inimicizia che i sardi hanno maturato nei confronti dei loro scrittori, ma anche dell'urgenza, reattiva, rivendicativa direi, da parte di questi ultimi, di combattere contro quel paralizzante complesso. «Le cose, sono le cose» si dice dalle nostre parti. Quasi a dire che le cose si descrivono in quanto tali, nella libertà del loro esistere, ma nella relatività di tutte le segretissime interpretazioni possibili. E qui sta il punto: sul carro della scrittura noi sardi ci siamo saliti con riserva. Siamo narratori che diffidano del codice. In una società isolana, ma non poi così isolata, che ha organizzato il proprio sapere e i propri saperi in senso memoriale, persino mnemonico, la scrittura appare come un atto troppo definitivo. L'oralità combatte da sempre contro la scrittura, ne rappresenta la base, ma, contemporaneamente, ne rappresenta il serbatoio. Gli scrittori sardi, e per sardi intendo formati in Sardegna, hanno dovuto scegliere da subito da che parte stare, se nella Fort Alamo dell'oralità resistente, all'interno della quale erano cresciuti, o entrare nell'esercito regolare della chirografia manzonizzata, perorata dalla scuola e da quella che si definisce letteratura nazionale. Certo, non si trattava di rifiutare o accettare la scrittura, ma di trovare una via genetica alla propria scrittura. Che è affatto differente. La rivoluzione deleddiana arriva a questo punto in un territorio non ancora «modernizzato», non ancora del tutto conscio del suo far parte di una nazione, in una cultura di silenzio, ma anche di sussurro. Qui esplode la contrapposizione tra un'idea della scrittura e la necessità di trovare la propria scrittura. La Deledda agli inizi del ventesimo secolo pone ai sardi e alla nazione un problema di metodo: si possono trovare le parole per descrivere una cultura del silenzio? E la sua risposta è sì, a patto che non ci si adegui supinamente a una scrittura altra. Così si pone il problema di portare il Continente in Sardegna e non, come altri avevano fatto prima di lei, di portare la Sardegna in Continente. Il che significava elaborare un sistema di simboli, un metodo investigativo, una procedura, che partendo dall'assolutamente locale potesse approdare a un'idea di letteratura, se non autoctona, perlomeno fortemente radicata, ma fruibile. La Deledda si dedica furiosamente a costruire un ponte fra la cultura ufficiale e il materiale umano, narrativo, locale che ha a disposizione, e a concepire una sorta di passepartout per spalancare la porta blindata dell'ossimoro di trovare parole per l'indicibile. Ciò che ne risulta è un'idea di Sardegna. Un'idea letteraria di Sardegna. Sintetizzata in punti salienti: la precisione dell'onomastica, compaiono gli Efix, gli Zua, gli Elias; l'idea, desunta dalle grandi letterature europee, che il dispositivo narrativo non è un terreno di sperimentazione adeguato, ma una piattaforma di impianti lessicali; la geografia fantastica, l'idea, cioè, che sfumando il luogo, disarticolandolo dalla precisione territoriale, quanto in esso vive e pulsa appare contemporaneamente più realisticamente irrelato. La legge secondo cui, in letteratura, un'idea di verità si ottiene solo attraverso l'elaborazione, quasi la falsificazione. Idee sostanzialmente contenute in qualunque progetto di letteratura che abbia in sé un'ipotesi di permanenza. La società letteraria ha sempre concepito se stessa in termini di tentativi. E dalla necessità, e impegno, di costruire dispositivi resistenti si definisce da sempre la qualità degli scrittori. Quanto più si resiste tanto più si è classici.

Su questa Sardegna, territorio dissodato dalla Deledda, agisce la scrittura di Giuseppe Dessì. In questo brodo primordiale naviga *Paese d'ombre.* Altra formazione quella del villacidrese rispetto alla nuorese, altra visione, ma coscienza di avere a che fare con un modello assolutamente prevaricante. La matriarca barbaricina impone le sue regole perché ha concepito un sistema letterario non colonizzato, piuttosto a rischio di antropologismo, piuttosto a rischio di esotismo, ma autonomo. Ha inaugurato la stagione della Sardegna letteraria, una Sardegna che ha il solo difetto di essere decisamente più piccola di quella geografica. Intanto fra i due sussiste una diametrale opposizione nel senso stesso dello scrivere: atto molto vicino all'istinto di sopravvivenza per la prima, quasi necessità biologica; frutto di elegante addomesticamento e scolarizzazione regolare per il secondo, quasi una logica conseguenza.

Anche Dessì, dunque, deve sedersi al desco della Deledda, che è la dépendance sarda del desco manzoniano. Ma non ci va da solo, si porta Bacchelli. È un autore moderno a tutti gli effetti, nel senso culturale e non cronologico del termine. È un sardo partecipe, «continentalizzato», romanizzato anche lui come la Deledda, ma meno impervio, meno rivendicativo, più inserito, si direbbe, negli odierni salotti. Basta vedere con quanta scabra linearità riduca a segno quello che nella Deledda è tratto. La luce della Sardegna di Dessì ha la pasta della Padania di Bacchelli, appunto, ma anche l'asciuttezza postbellica della letteratura neorealista figlia della Resistenza e, persino, le sintesi letterarie televisive offerte dai primi teleromanzi in bianco e nero. Il campo lungo deleddiano diventa, con Dessì, un piano americano; sarà Salvatore Satta, poco dopo, a inaugurare il primissimo piano col suo capolavoro *Il giorno del giudizio*.

Angelo Uras, il protagonista di *Paese d'ombre*, innanzitutto. Nel giorno stesso in cui la fortuna lo bacia, ma neanche la fortuna è Fortuna per lui. È una divinità beffarda che prende almeno quanto concede. Angelo Uras, dunque. Dolce ed espressivo, tutto inquadrato nello sguardo. Nel percorso solenne che porta dalla fanciullezza alla maturità. Una storia comune. Una storia di sempre: intestatario di un'eredità inattesa, il piccolo Angelo diviene proprietario di un terreno e passa dallo status di nullatenente a quello di possidente. Quasi Dickens innestato in Verga, senza il sarcasmo del primo e con più fatalismo e disincanto del secondo:

Orfano di padre Angelo non aveva nessuno che gli facesse regali, all'infuori dell'avvocato; anzi i parenti avevano cercato di portargli via con la frode quel poco che il padre, Giuseppe Uras, gli aveva lasciato.

Così si affaccia il nostro protagonista al ciglio del romanzo che racconta la sua storia, con un destino scritto, quasi che in questo presupposto fosse già contenuto tutto quello che si può raccontare.

È una storia d'interni, il paesaggio è una sfumatura, un'aria che circonda, una nuance dell'anima. Dessì declina la Sardegna a partire dall'uomo, usando la scrittura come setaccio che ripulisce le rozzezze dell'impianto deleddiano. È un gran gourmet, si pone il problema di stemperare quello che sente come asprezza e produce un sapore altro. Tuttavia non riesce a stemperare il potere evocativo che nel modello base è contenuto. Norbio e Ruinalta, per esempio, restano entità geografiche ancora fortemente deleddiane. Come di marca potentemente barbaricina è rimasta quell'anagrafe locale così esibita: nome, cognome, spesso patronimico. Idea della Sardegna desunta anche dai russi che la Deledda aveva a suo tempo divorato. Non sapremo mai quanto della coscienza di sé deriva dall'immagine che di noi ha riflesso la nostra cultura, come non sapremo mai se l'abitudine assodata dei sardi di definirsi per nome e cognome, ormai non solo letterariamente, dipenda non da quello che sono ma da come sono stati descritti. Angelo Uras, figlio di Giuseppe Uras.

E inizia la storia. Che è una storia di distanze e di impossibilità come tutte le storie. Alla fine di tutto ci si ritrova sempre a raccontare la stessa vicenda della difficoltà di raggiungere un obiettivo prefissato. Ma la voce dell'autore conta e la voce di Dessì è talmente precisa, talmente limpida che pare purezza distillata. È voce di silenzio. La madre tonante ha prodotto un figlio taciturno e riflessivo, ci vorrà Salvatore Satta a costruire la sintesi. Sì, perché, a ben guardare, Dessì rappresenta l'espressione nonviolenta di un processo di assimilazione. E *Paese d'ombre* ne rappresenta la formalizzazione, la distillazione di processi altrimenti impuri. Dessì a un'idea di letteratura nazionale ci tiene fino in fondo. Più di quanto ci tenesse la Deledda, troppo temeraria e presuntuosa per occuparsene, molto di più di quanto ci terrà Salvatore Satta, che affermerà di considerare il suo capolavoro soltanto alla stregua di un atto dovuto alle sue radici, non per niente era un giurista. Questo tenerci determina il sapore «internazionale» della cucina di Dessì. La sua Sardegna da esportazione è il frutto di una mediazione estenuante, ma anche il logico punto d'arrivo di un progetto che aveva come traguardo di adattare materiali ostici a palati fini. Che è un progetto importante anch'esso se ci si libera dai lacci di una concezione affatto movimentista del mestiere dello scrittore. *Paese d'ombre* costituisce il paradigma, linguistico, lessicale, logistico, di una sardità che a partire da Enrico Costa aveva tentato di vincere la partita con la modernità, e con la scrittura, attraverso l'adattamento piuttosto che intraprendere la strada della rivendicazione. È un borghese e un gentiluomo, Giuseppe Dessì, e ha quella distanza tutta «campidanese», verrebbe da dire urbana, che non gli permette di trattare senza filtri materiali letterari scabri, epiche sanguinarie, paesaggi ostici. Anche la natura matrigna profuma di frutteto. Anche la roccia più acuminata è percorsa da uno scrosciare di fonte. E le canne al vento diventano ben presto fili di paglia:

Pensò che la vita è regolata da leggi irreversibili, alle quali gli uomini sono soggetti come i fili di paglia...

Il che non rende la metafora più esile, ma solo più adattabile, appunto.

Nel 1963 Giuseppe Dessì, per conto della televisione di Stato, si dedica a una serie di documentari sull'interno della Sardegna. Il progetto verrà trasmesso col titolo *La Sardegna: un itinerario nel tempo*. A rivedere oggi quei documentari, quel che colpisce di più non è sentire la voce priva di cadenze di Dessì, né vedere il suo volto ieratico, quanto percepire il suo stupore. E allora è lecito supporre che da sé sia partito: quella Sardegna di cui raccontava sorprendeva lui per primo. È probabilmente attraverso la televisione che Dessì e la Madre di tutti gli scrittori sardi, la Deledda, raggiungono il punto di maggior contatto. Nel 1961 era uscito *Il disertore*, quasi un cedimento, ma un cedimento lirico e concentratissimo. Un'ode barbara. *Paese d'ombre* è una sorta di emendamento a quella ubriacatura, ma non è sintomo di un pentimento. Nella particolare cosmogonia di Giuseppe Dessì le descrizioni assumono significato in quanto reazioni e antidoti al male di raccontare dal ventre. Il borghese figlio di un militare scrive con la testa e si fa latore individuale di fatti collettivi, quasi più vicino a Trieste che a Cagliari. Anche in questo caso per leggere Dessì, e per capirne la grandezza dimessa, dobbiamo ricorrere a Salvatore Satta che ne aveva risucchiato *in toto* la capacità di innestarsi con la Mitteleuropa. Tuttavia Dessì, problematico e generatore di creature problematiche, era settentrionale solo nell'atteggiamento (di Bacchelli si è già detto), nell'andamento narrativo (lettore accanito di Svevo), ma non era riuscito a incarnare quella spinta espressionistica che invece era stata immediatamente colta dal giurista nuorese nel *Giorno del giudizio*.

Discorso a parte merita la lingua di *Paese d'ombre*, uniforme, ma non certo uniformata. Sintesi anch'essa di un processo di elaborazione costante. Chi scrive con la testa non sa scrivere di getto. Ecco, il paesaggio lessicale che ne consegue è acqua pura di sostantivi sempre accompagnati da adeguati predicati, *comme il faut*. Tutto assolutamente neutralizzato, con i pochi lemmi in lingua sarda immediatamente tradotti in parentetica. Come un sapore appena accennato. Anche la lingua può rappresentare un'idea di Sardegna, e in tempi come questi in cui alla *Limba* si dà potere di decretare quarti di sardità, piuttosto che decretare la liberazione dal complesso di essere minorità, allora la lingua di Dessì potrebbe rappresentare una sorta di reazione morandiana. Come il pittore bolognese aveva reagito con l'asfissia a tempi urlati, così Dessì aveva reagito con la lingua del silenzio al complesso di inferiorità che la lingua sarda si portava addosso e, nonostante i reiterati tentativi di rianimazione, se non di coltura *in vitro*, attualmente ancora si porta.

Perciò Dessì è figura di un sardo trasfigurato, perfettamente adattato all'idea che il silenzio che consegue alla presa di distanza produce un urlo assordante. Così si allontana, produce sapore di Sardegna senza necessariamente sottostare ad obblighi di sardità. Come un viaggiatore innamorato della meravigliosa bellezza del paesaggio che sta osservando e già conscio che, per quella meraviglia, le parole non bastano.

Ecco perché, sanamente, Dessì entra nel novero di quegli scrittori che i sardi non amano. È in ottima compagnia. Egli pare rinunciatario proprio dove è maggiormente resistente e non si adegua al modello di scrittore sardo perché vuol essere scrittore e basta.

Atzeni

Più si legge Atzeni, più ci si imbatte nella frustrazione di dover ammettere che non esiste un concetto di nuovo che non si porti dietro, o dentro, la maledizione del vecchio. I reduci del *Quinto passo è l'addio*, per esempio, si convincono che l'impulso verso un nuovo a venire basti già ad assaporare quella novità presunta, ma sono costretti ad ammettere che quello è un entusiasmo di brevissima durata, come l'illusione, cinque passi appena, che il veleno del serpente dà a chi pensa di poter sopravvivere al suo morso. Il morso della natura è tale che proprio quando si promette il cambiamento si sta coltivando il cognito (*su connottu*), quasi per una sorta di genetica della povertà e dell'inconsistenza umana. Sergio Atzeni è uno scrittore straordinariamente generoso, ama i suoi personaggi fino al punto da vezzeggiarli nonostante la loro povertà morale e intellettuale (*mischinetti*). La sua Cagliari è come una zattera della medusa dove reduci di tempi migliori presunti vivono in costante confronto col vecchio che li sovrasta. Indigenti e preveggenti questi personaggi si aggirano nella città vecchia come turisti di se stessi: vengono da quartieri senz'anima e fanno spedizioni verso il nucleo originario, Castello, Bastione, piazza Yenne, come piccoli rivoluzionari senza un vero progetto se non quello di trovare uno sbocco purché sia alla loro tremenda sete d'illusioni. Come archeologi testardi a cui manchi l'alfabeto per interpretare una lingua. Vecchio e tradizione non appartengono alla stessa categoria del pensiero. Ma questa sfumatura è per palati fini: nei personaggi di Atzeni l'impellenza di vivere sovrasta il bisogno d'analisi. E in questo c'è molto del bivio in cui, come sardi, sempre ci troviamo: se di una cosa non si parla di fatto non esiste. Se di scorie nucleari e di regioni pattumiera non se ne parla, non esistono... Se di abusi edilizi e cementificazione delle coste non se ne parla, non esistono... Se di degrado e sperequazione sociale non se ne parla, non esistono. Per la Sardegna esistono solo i *balentes*. Esistono anche i pochi metri quadri di coste smeraldate e tutto il campionario di nani e ballerine che li affollano. Esiste quello di cui si parla volentieri. Così il nuovo parrebbe imbastire illusioni, magari cementificazione non oltre due chilometri dalle coste, ma subito, cinque passi appena, ecco che gli assetti si sistemano. Gattopardescamente «tutto cambia, perché niente cambi», ai padroncini vecchi si sostituiscono i nuovi. Uno illusione, due entusiasmo, tre realtà, quattro delusione, cinque fine, addio. Il Dna della Sardegna, dell'Italia, dell'Europa, insomma. Qualcosa che ha a che fare con l'orgoglio come categoria presunta: abbastanza da vedere le alternative, non abbastanza da portarle fino in fondo. Uno scrittore come Atzeni può dirla lunga sui tempi che stiamo vivendo. Oggi che ci gloriamo di aver generato un nuovo corso, oggi che parliamo senza vergogna di «rinascimento» con la solita, vecchia presunzione di chi ritiene possibile poter giudicare i propri tempi. Le nuove stagioni, i rinascimenti, hanno il «difetto» che bisogna viverli e non si può giudicarli. Sergio Atzeni ha avuto l'accortezza, il buon gusto, la genialità di raccontare storie senza la presunzione della Storia. Ci ha mostrato personaggi viventi senza giudicare le loro vite. E per questo a mio parere è uno scrittore immortale. Così può succedere che, dopo molti anni dalla scomparsa, Sergio Atzeni appaia di gran lunga più lucido di molti autori che ritengono di essergli sopravvissuti. Può anche succedere che, aldilà di tutte le celebrazioni, ancora l'autore che si presume di celebrare risulti più vivo dei celebranti. Non c'è celebrazione di vivi che non si porti dietro, dentro, l'illusione di potersi permettere parole in vece di chi è scomparso. E questo lo si fa disattendendo il suo statuto di scrittore. Perché Sergio Atzeni in voce non può più parlare, neanche per contrastare immaginifiche esegesi della sua opera; ma come scrittore parla tutt'ora e parla ora. E contraddice in ogni sua riga chi afferma di poter aprire la porta blindata della sua scrittura. A quale leggerezza fa riferimento, per esempio, Sergio Atzeni nel suo ultimo romanzo? La domanda è ardua, la risposta pure. Perché *Passavamo sulla terra leggeri* è un auspicio più che un'affermazione. Dunque, la leggerezza di cui si parla potrebbe essere l'espressione della volatilità del racconto in una società che ha costruito proprio sul racconto, sul fiato e sull'orecchio, la propria Memoria. La Storia pesante è storia di civiltà pesanti, quella si scrive incisa sulla pietra dei conquistatori, ha codici certi perché è la storia dei forti. Quella che racconta Atzeni è un'altra Storia, un'altra Memoria: leggera, appunto. Ma infinitamente poetica. Una poesia che salva, perché raffina il racconto sino al nucleo. Perciò andare sulla terra leggeri è esattamente andare su tutte le terre leggeri. La leggerezza di una Memoria è la capacità di sorvolarsi e farsi Memoria di tutti. Il materiale grezzo spremuto nel torchio della poesia, distillato nell'alambicco del passaggio di consegne, si trasforma in una Storia talmente «leggera» da diventare non «una storia», ma «la Storia». La presunzione di pesantezza dà risposte, la meravigliosa leggerezza fa domande. Così *Passavamo sulla terra leggeri* è un romanzo di domande. Con quale voce si racconta? A chi si racconta? E perché mai dovremmo assumerci la responsabilità di raccontare? Circondati dalla materia grezza per palati grossolani del folklore di massa, quello che Atzeni ha da raccontare sulla Sardegna sembra quasi risibile, leggero, appunto. Sembra, cioè, che egli voglia tentarci sulla strada del rifiuto dell'unicità. E allora la domanda è: una civiltà è grande perché unica o diventa grande quando riesce a includere rinunciando alla propria unicità? La politica balneare, del tutto compreso, delle coste offese, del cemento selvaggio, dell'occupazione militare, pare aver già risposto per tutti i sardi. Pare aver chiarito che nella retorica delle civiltà la Sardegna ha un posto soltanto in quanto civiltà scomparsa. Mentre nel campo del folklorismo la Sardegna pare avere un surplus di memorie inutili: in fondo basterebbero una mastruca e un po' di vento. Atzeni propone un'altra via, la via sopravvivente del custode del focolare. *Passavamo sulla terra leggeri* è la storia dell'ultimo dei mohicani che ha la maledizione di una memoria da trasmettere. Dappertutto intorno a lui impazza la sagra dell'oblio: il mirto per turisti, la cena dai pastori, la gita in fuoristrada dai banditi, i balli sul palco in piazza. Ma lui, l'ultimo dei raccontatori, soffia con dolcezza il cumulo di sterpi che dovrebbe nutrire la fiamma di una memoria più complessa. Leggera e complessa come una trina. Qualcosa di cui andare fieri senza paure, qualcosa che ci permetta di sorvolare su quello che siamo per affermare che nel racconto e nella vita non è tanto importante quello che si racconta, ma come lo si racconta. Nel paese dell'oblio si può nascere dal nulla, nel paese della leggerezza quello che sei è una trama tra le migliaia che compongono la trina. È un orgoglio a ritroso, l'orgoglio di «far parte», non quello di essere «a parte». Non c'è nessuna consolazione nella solitudine, e l'orgoglio dei solitari è solo la paura di capire. Chiedetelo all'ultimo dei narratori, al ragazzo che ha dovuto accumulare trame su trame, al piccolo Omero sardo, fra tutti gli Omeri del Mediterraneo. Lui vi risponderà che passare sulla terra leggeri significa certo rischiare di passare non visti, ma significa soprattutto correre questo rischio in nome della tolleranza. Vi dirà che ci vuole qualcuno a soffiare sulla fiammella per impedire che si spenga. Vi dirà che questo compito è quanto spetta allo scrittore o al poeta se vuole difendere la Memoria contro il Folklore. Vi dirà di soffiare leggermente, molto leggermente, per non uccidere (*stutare*) la fiamma.

Amo Sergio Atzeni, scrittore morto annegato a 46 anni, perché non ha avuto bisogno di viverlo per poter descrivere l'abisso silenzioso in cui è stata scaraventata la Sardegna in questi anni di colonizzazione del non-pensiero, della identitarietà, del servilismo acritico. Siamo i primi fornitori nazionali di veline brune, però. Belle e *mariposas*.

Mannuzzu

Parlare di Salvatore Mannuzzu è un onore, un piacere, un dovere. Posso fregiarmi di avere con lui un rapporto di rispetto e di stima. E posso persino evitare di ricorrere a formule di rito per dire che da un punto di vista delle scelte letterarie siamo due autori assolutamente agli antipodi, ma non distanti, paradossalmente ci uniscono molte più cose di quante ci dividano. Certo la formazione, l'educazione del Capo di Sopra, non è la formazione e l'educazione della Barbagia; certo l'urbanità, direi quasi il cosmopolitismo, del giurista, del cittadino, dell'italiano, non è la paesanità, direi quasi la «cortilità», del pastore, del locale, del barbaricino; ma queste due Sardegne si incontrano, qualche volta si scontrano, nel territorio franco della letteratura. Lì può avvenire che di bocca in bocca una fetta di mondo, di altrove, raggiunga persino lo sperduto villaggio delle montagne, e può avvenire che il cittadino senta la nostalgia di terra e di canto a chitarra. Con le persone come Salvatore Mannuzzu le differenze uniscono. Il rispetto unisce, disunisce il disprezzo. Io devo molto a Salvatore Mannuzzu, e con lui a Giulio Angioni, a Gavino Ledda, a Sergio Atzeni... Devo a tutti costoro, essendo arrivato dopo, l'idea che si potesse essere in Sardegna contemporaneamente autori e viventi. Oltre il paradosso, il dono è stato capire che anche in questa fetta di mondo, anche dalla mia cortilità, si poteva aspirare a diventare scrittori. Certo la Deledda, Cambosu, Satta, persino Dessì, l'avevano già fatto, ma avevo di loro un concetto lontano, defunto. Riuscire ad essere scrittori e anche sardi era una scommessa magnifica. La mia scommessa, non certo quella di Mannuzzu, che mi ha insegnato il fondamento della mia idea di identità: «Quando di identità si inizia a parlarne allora vuol dire che è morta». Ecco che per differenza ho finito per amare un modello di scrittura e di scrittore che era, ed è, lontanissimo da me. Sotto molti aspetti migliore: non c'è dubbio che Mannuzzu sia più scrittore-scrittore di quanto io potrò mai aspirare a essere; ma, dal mio punto di vista «cortilivo», quel modello di scrittore mi avrebbe costretto ad abbandonare quanto di acre e ruspante mi porto nel codice genetico. Io sono un provocatore, *unu brigantinu*, come si direbbe dalle mie parti, a me piace fare a botte, metaforiche si intende. Salvatore Mannuzzu è un signore vero, non deve nemmeno farlo il signore, è così principesco e un poco distante, di una olimpicità che io ho spesso invidiato ma senza desiderio. Lui pensa e scrive una scrittura altrove, sopra, fuori, aldilà, e genera la lingua come farebbe un orefice; io scrivo qui, dentro, nelle viscere e scrivo ingegnandomi di imitare la parola. Eppure ho amato infinitamente *Procedura*, leggendolo come una forma sassarizzata del *Giorno del giudizio*, perché dentro *Procedura* c'è l'ironia senza il distacco, c'è il dolore senza l'ineluttabilità, c'è la forma romanzo che lava i panni a Nuoro. Così ho letto Mannuzzu come la cartolina di un parente che ti appartiene, che è anche tuo, ma che vive molto lontano da te. L'ho letto e lo leggo con un affetto pieno di ammirazione e con un sottile senso di disagio per quanto di sattesco e sattiano è in lui più che in me, ancora. Lui mi dimostra tutti i giorni che la sola vanità dello scrittore sta nell'eleganza della scrittura che indossa. Lui mi dimostra, col suo silenzio, che dentro al mio fragore c'è spesso una sindrome da figlio cadetto che non si sente amato. Lui mi dimostra che il privilegio dello scrittore è di allevare i propri romanzi e farli camminare per il mondo.

Vano tentativo di stabilire una distanza

Da bambino, nei giorni di festa, mi svegliava l'odore dolce amaro dell'agnello, si preparava fuori in uno spiazzo ripulito fra gli olivi e i quercioli. All'arrosto nella mia famiglia ci hanno sempre pensato gli uomini, è un lavoro lungo fatto di attese e controlli e storie per passare il tempo. Le donne, in casa, preparavano i ravioli di ricotta e i *malloreddos.* A noi bambini spettava l'incombenza di posizionare la pasta fresca su un telo di lino grezzo perché si asciugasse. Il pranzo della festa era un rito collettivo, un modo per saggiare l'unità della famiglia. I vecchi si dividevano equamente: le nonne in casa a dare consigli, i nonni in cortile a versare il vino. Sulla cottura dell'agnello c'erano varie scuole di pensiero: quella dei tradizionalisti, che lo volevano infossato; quella dei modernisti, che lo volevano infilzato. Le due scuole erano distanti sia per modalità che per filosofia. L'infossatura era un metodo per gente molto paziente, per gente che sapeva quello che faceva; l'impalatura era per gente spiccia, che voleva avere tutto sotto controllo.

L'infossatura richiedeva una preparazione complessa,

si iniziava scavando una fossa abbastanza profonda che potesse contenere l'agnello, poi si preparava una brace di quercia, con bacche di ginepro e cespugli di mirto, su questo letto «ardente» si posava la bestia scuoiata e lasciata a frollare per tre notti, quindi si ricopriva con altro mirto, ginepro, timo e rosmarino, il tutto veniva a sua volta ricoperto di terra. In cima al tumulo si lasciava uno sfiatatoio. E poi si aspettava. Ma non era un attendere passivo, chi seppelliva l'agnello non si spostava mai dal «forno», pareva che avesse lo sguardo a raggi X, perché sapeva, capiva dal colore del fumo, dal profumo che emanava dallo sfiatatoio. Dopo ore di attesa si stabiliva che era arrivato il momento, con delicatezza si disseppelliva, si toglieva lo strato di terra e la copertura aromatica. L'agnello giaceva nel fondo, brunito e croccante, ma non asciutto, la sua carne restava umida e saporita, un'esperienza unica.

L'impalatura richiedeva un lavoro preliminare che riguardava soprattutto il corretto inserimento dello spiedo, la distanza dalla brace, che doveva essere di due tre palmi e, cosa fondamentale, il posizionamento verticale della carne da arrostire, alla turca; gli impalatori controllavano la cottura minuto per minuto e facevano ruotare lo spiedo. Il risultato era una carne più asciutta e un sapore più naturale. Una differenza che è anche appartenenza, un sapore che è anche identità.

Più mi allontano e più mi trovo al punto di partenza. Anni di distanza e basta un odore a riportarmi indietro. Basta un sapore a riportarmi indietro. E un suono lontano, magari appena accennato, mi risucchia verso casa. Un gregge visto dai finestrini di un treno. Un accento percepito in un ufficio pubblico, al ristorante, al supermercato. E il concorrente sardo al telequiz, al talent show... L'autore sardo in libreria. L'insegna col nuraghe nella grande città straniera. Il souvenir a casa di un conoscente. La cartolina estiva calamitata sul frigorifero... Tutto, tutto mi riporta a casa quando credo di esserne definitivamente partito.

Non una conclusione

Vorrei una Sardegna in cui non fosse tanto facile essere speciali. Perché dentro il concetto stesso di specialità, applicato a un popolo, c'è un'idea di distanza. È speciale chi sa fare meglio delle cose, chi ha raggiunto un risultato sofferto, chi ha meritato di uscire dalla normalità. Essere sardi non significa automaticamente essere speciali. Essere altro. L'essere speciali, l'essere altro, sono condizioni che vanno conquistate e dimostrate sul campo, per tutti. L'illusione della specialità etnica è sottilmente fascista e produce pigrizia: sono sardo e questo deve bastare, tutelatemi, assistetemi, io sono qui. Ma il certificato di nascita non basta, quel pezzo di carta certifica solo una casualità biologica, non certo un diritto acquisito. Ecco, vorrei una Sardegna dove si impara a essere anche sardi. Vorrei un luogo che non fosse martoriato dall'angoscia del sé, dalla sicumera di chi, nel profondo, si sente inferiore, dalla prepotenza del figlio cadetto. Vorrei una Sardegna dove si smettesse di dibattere dei massimi sistemi per non affrontare la banalità del quotidiano. La ricerca di uno status accettabile sta producendo un destino di soffocante frustrazione. Non siamo quel che siamo, ma qualcosa a cui, ostinatamente, vogliamo assomigliare. Non siamo quello che siamo ma la copia di una copia. Vorrei una terra dove si dichiarasse il tradimento di adattarsi alla visione altrui, solo perché tutto quello che abbiamo ci sembra di per sé inferiore a quello che hanno altri. Vorrei una Sardegna che potesse vedersi da fuori. Vorrei che noi sardi vedessimo come ci siamo ridotti, come ci siamo lasciati ridurre. Senza l'atto consolatorio di un'alzata di spalle: che tanto le cose vanno come vanno, altrove sì, ma qui che si può fare? Ecco, vorrei una Sardegna dove la specialità fosse di ricordare quanto fa parte del nostro patrimonio di asserviti, di orgogliosi, di emigranti, di banditi, di pastori, di matriarche, di coloni, di contadini, di meticci, di menti fini, di Presidenti della Repubblica, di fondatori di Partiti, di carabinieri, di poliziotti, di pescatori, di Veline Brune, di Bond Girls. Di soldati. Vorrei che ricordassimo sempre quante guerre abbiamo combattuto e per chi e perché. Vorrei che tenessimo ben presente quanto di bene, e anche quanto di male, quello che siamo ha portato nel mondo, perché una cultura sana si interroga senza consolarsi né giustificarsi. Una cultura sana diventa stabile riconoscendo i propri limiti. Vorrei che potessimo sentirci popolo anche in Sardegna, non solo appena varchiamo il mare. Vorrei una terra dove gli intellettuali dimenticassero di allisciare il pelo al potente di turno, anche a se stessi, quando le due cose coincidono. Gli intellettuali che piacciono a me non sono mai una garanzia, sono polvere negli occhi e sonni agitati per chi si è preso l'onere di governare. Voglio un posto dove i paesi sono belli almeno quanto basta per assomigliare alla bellezza di chi li abita. E non siano l'espressione, quasi l'anamnesi palese, della sindrome da incapacità di considerarsi comunità. Vorrei una terra dove è concesso sbagliare e dove è concesso ammettere il proprio errore, ma dalle nostre parti nessuno sbaglia mai, è sempre stato qualcun altro a farlo. Vorrei un posto dove si sapesse gioire dei successi altrui come se fossero di tutti noi. Dove si riuscisse ad includere piuttosto che escludere, nella lingua come nella cultura, nella natura come nell'economia. Vorrei che parlassimo un linguaggio senza dietrologie e che imparassimo ad amarci come vorremmo essere amati, come sentiamo di dover essere amati. Voglio tutto quello che possiamo avere, perché noi sardi siamo speciali quando ci mettiamo una cosa in testa...